Impressum:

Satz, Layout, Cover:
CamiloVerlag, Leipzig
www.camioverlag.de

Herstellung und Verlag:
Books on Demand GmbH, Norderstedt
ISBN 978-3-8391-4014-7

Zwischen Gestern und Morgen

Leben in Neufünfland

Jana Merz

„Wenn dein Bruder vor der Tür steht, dann fragst du auch nicht, was er dich kosten wird, sondern du lässt ihn ein."

Ernst Jünger (1895-1998),

Das Jahr 1989 hielt nicht, was der 100jährige Kalender prophezeit hatte, im Gegenteil: das Frühjahr blieb warm und schon in der frühen Morgenstunde trug eine leichte Brise den Duft blühender Robinien vom anderen Ufer in die Seestraße. Die Bewohner der Villen mit den geschlossenen Jalousien spürten nichts von diesem heiteren Tagesbeginn, es sei denn, das Stakkato schneller Schritte einer Frau hätte sie aus dem Schlaf geweckt.

Jeden Morgen nahm Barbara diesen Weg zum Funkhaus, und sie genoß die Frische und Stille vor dem Arbeitsbeginn. So wartete sie auch noch einige Augenblicke, ehe sie das schmiedeeiserne Tor öffnete, um in das Gebäude einzutreten, wo der Pförtner bereits mit den noch druckfrischen Zeitungen auf sie wartete. Er gehörte noch zu einer Generation, die die Pünktlichkeit über alles schätzte und das freundliche Guten Morgen, mit dem Barbara ihn begrüßte hob, sie in seinen Augen von manchen ihrer Kollegen ab, die oft noch in letzter Minute, durch den Eingang stürmten, ohne ihn auch nur eines Blickes, geschweige denn eines Grußes zu würdigen.

»Es wird nicht viel Verwendbares in den Zeitungen sein,« sagte er.

Barbara dankte ihm mit einem Lächeln. Sie wusste seinen Liebesdienst, vorab schon die Zeitungen zu lesen, zu schätzen, denn meist hatte er mit seinem Bemerkungen Recht. Das traf auch diesmal zu, als sie im Studio die Überschriften überflog. Also blieb sie darauf angewiesen, was an Meldungen per Telefon während der Sendung auflief. Im Grunde genommen war es auch das, was sie an der Morgenmoderation so liebte, aktuell reagieren zu können, sei es, wenn eine Wetterwarnung hereinkam oder eine Verkehrsumleitung. Dann spürte sie wie Tausende unsichtbare Frühaufsteher sie wahrnahmen und mit ihr verbunden waren.

Während sie noch einige Überleitungen zu den vorliegenden Bändern schrieb, machte die Technikerin sie darauf aufmerksam, dass noch zwei aktuelle Reportagen hereingekommen seien.

»Hier hast du noch einige Ansagen zur Premiere von gestern Abend und zum Sportlerball von heute Nacht,« sagte die Technikerin, »war für unseren Sportredakteur ein langer Dienst.« Sie gab Barbara noch den Musiklaufplan, »damit haben wir allerdings wieder Pech gehabt. Es ist nicht gerade die Muntermachmusik. Aber was kann man von Walter schon anderes erwarten.«

Barbara wusste, dass der Leiter der Musikredaktion nicht gerade beliebt war. Seine Vorliebe für alte Schlager stieß immer wieder auf die harsche Kritik der Redaktion aber der Rückhalt in der Chefetage war zu groß, als dass sich bisher etwas daran geändert hätte.

Als sie den Laufplan überflogen hatte, gab sie Heike Sommerfeld Recht.

So musste sie im Verlauf der drei Stunden Frühprogramm alle Mühe aufwenden, um den Bogen von den Bändern zu den Musiktiteln zu spannen und den Morgensound lebendig zu halten.

Obwohl es ihr widerstrebte, die sich ergebnislos wiederholende Diskussion um die Musik erneut zu entfachen, war für sie die Grenze des Machbaren erreicht.

Als Barbara mit der Sendemappe in den Sitzungsraum trat, war die Redaktion schon vollzählig versammelt. Die Sendekritik fiel relativ gut aus, nur zwei Reportagen wurden als zu gehaltlos befunden.

Als keine weiteren Wortmeldungen kamen, schaute Barbara fragend in die Runde. »Entweder ihr habt heute nicht zugehört oder ihr habt rechtzeitig den Sender abgeschaltet,« sagte sie und sie spürte, wie die Aggression in ihr aufstieg. »Wie fandet ihr denn die Musik?« Einige lachten ironisch auf, andere zuckten resigniert mit den Schultern.

»Drei Stunden lendenlahme Musik, wer soll das aushalten,« sagte sie mit Schärfe in der Stimme, »unsere Hörer jedenfalls nicht.«

Die müde Runde wurde lebendig. Ein Stimmengewirr erhob sich, das Heinz Albrecht auf seinem Chefsessel nur mit einem lautstarken Gebot um Ruhe beenden konnte.

Der Leiter der Musikredaktion lehnte sich mit zusammengekniffenem Mund zurück.

»Bekommst du Tantiemen dafür, dass du die älteren Damen des Chansons so bevorzugst,« provozierte ihn der Sportredakteur. Walter lief rot an. »Wer einem lächerlichen Ball hinterherläuft und davon noch in höchsten Tönen berichtet, sollte nicht über Musik reden.«

Als der Sportredakteur wütend aufsprang, drückte Hansen ihn zurück in den Sessel.

»Ich bin zwar nicht so lange beim Sender, wie die meisten von euch,« sagte er, »aber beim Film, bei dem ich immerhin 10 Jahre war, galt nur eines, nämlich, wie das Gesamtprodukt ausfällt, und dafür mussten Schauspieler, Musikproduzent, Regie und Tontechniker zusammenarbeiten, damit es ein Guss wird.«

Er wandte sich jetzt direkt an den Sendedirektor: »Man kann gewiss über Geschmack streiten. Aber auch ich finde, die heutige Sendung war musikalisch gesehen ein Jammer.«

Heinz Albrecht warf seinem Stellvertreter einen vernichtenden Blick zu.

»Umfragen beweisen, dass wir ein gutes Musikprogramm haben, weil wir nicht allen Trends nach Pop und Beatmusik nachlaufen.«

»Umfragen besagen alles und nichts,« wandte Barbara ein. »Ich könnte dir glatt das Gegenteil beweisen, und, das Schlimme ist, dass aus jedem Versuch, moderne Titel einzuspielen, wie das Rico Herkner macht, ein Politikum wird.«

Albrecht brach mit einer unwilligen Geste die Diskussion ab. »Ich hoffe ihr habt nicht die Absicht, gegen das 60 zu 40 Verhältnis von Ost und Westmusik anzugehen; denn wer das will, kann ganz schnell weg vom Fenster sein. Also,« er schaute sich in der Runde um, wie seine unverhohlene Drohung gewirkt hatte, und fuhr dann fort, »was das Geschmäcklerische anbetrifft, so werden wir in Berlin die Hauptabteilung Musik in die Bewertung einschalten, damit ein für alle Mal der Streit aufhört.«

Walter verschränkte zufrieden seine Arme, er kannte die Meinung, die man in Berlin vertrat, und damit konnte er leben.

Als dann die Aufgaben für die kommende Sendewoche besprochen werden sollten, schlug Albrecht zurück und kritisierte die mangelhafte Vorbereitung der Redakteure. Insbesondere seien die Landwirtschaftsthemen zu kurz gekommen, obwohl es gerade daran Kritik seitens der Bezirksleitung gegeben habe, und ein spezieller Fall bedürfe besonders der Beachtung im Programm.

»Wie wär's verehrte Kollegin,« sagte er zu Barbara gewandt, »wenn du dich einmal mit diesen Dingen beschäftigen würdest?«

Barbara vermied es auf seinen ironischen Tonfall einzugehen und nahm die Mappe mit den vorläufigen Recherchen entgegen. Sie überflog die wenigen Zeilen und stellte fest, dass es wohl ein heißes Eisen war, das sie da anfassen sollte; ein Dorf, das aufmüpfig genug war, vorgeschriebene Termine zur Frühjahrsbestellung zu missachten und auch ansonsten mit unbotmäßigen Forderungen an den Bezirk aufgefallen war.

Da die Reportagefahrt schon für den nächsten Tag vorgesehen war, kam es Barbara ungelegen, als ihr die Sekretärin ankündigte, ein Besuch warte in ihrem Zimmer. Die Zeit der Vorbereitung würde dadurch knapp werden.

Was sie nicht erwartet hatte, war eine Frau, mit tief gebräuntem Gesicht und einem bunten seidendurchwirkten Poncho, die ihr da entgegen kam. Wie ein exotischer Vogel, der sich in die mecklenburgische Provinz verirrt hat, dachte Barbara und unterdrückte den Lachreiz, der sie bei diesem Gedanken überfiel, aber der Ernst im Gesicht ihres Besuches ließ sie aufmerksam werden.

»Ihr Chef hat mich zu ihnen geschickt, obwohl ich eigentlich nicht angemeldet bin,« sagte die Frau entschuldigend. »Herr Hansen, dachte es wäre wohl wichtig genug, sie gleich nach der Sendung zu sprechen.«

Hansen also, begriff Barbara, als Stellvertreter übernahm er immer die Aufgaben, aus denen sich der Chef heraushielt und irgendwie hatte er die Meinung gefasst, sie würde nicht Nein sagen können, wenn sie einen interessanten Auftrag erhielt. Stimmte ja auch meistens, musste sie zugeben.

»Ich komme aus Australien,« sagte die Frau, und als sie Barbaras erstauntes Gesicht sah, fügte sie hinzu, »ich bin zwar schon einige Wochen hier im Lande, habe aber erst jetzt die Möglichkeit gesehen, mit ihrem Sender in Kontakt zu treten.«

Sie legte eine umfangreiche Mappe auf den Schreibtisch. »Darin befindet sich sozusagen ein Versprechen, das ich an die Aborigines gegeben habe, das ich jetzt einlösen möchte. Das hier ist unser Tagebuch mit Niederschriften und Kommentaren zum Schicksal der Aborigines, und mir liegt sehr viel daran, dass die Öffentlichkeit davon erfährt, vielleicht hilft es ein wenig, Zustände zu verändern, die mich und meinen Mann aus dem Land getrieben haben.«

Unschlüssig darüber, wie sie dabei helfen könnte, überflog Barbara einige der Überschriften.

»Das sind Details, wie man sie hier kaum kennt?«

»Wir haben fast 20 Jahre im Outback gelebt,« sagte Ruth Freitag, deren Autorennamen Barbara auf den meisten der Schriften lesen konnte. »Mein Mann als Arzt, ich als Lehrerin. Daher unsere Erfahrungen mit der Chancenlosigkeit der Aborigines in dieser Welt.«

»Und warum sind sie nicht dort an die Öffentlichkeit gegangen?«

Die Besucherin fuhr sich mit einer hilflosen Geste durch die Haare.

»Glauben sie, wir haben das nicht versucht, immer wieder, aber es wurde abgeblockt.«

»Und das in ihrer angeblich so freien Welt,« konnte Barbara sich nicht enthalten zu bemerken.

»Es gibt immer Enklaven, wo die Willkür regiert,« sagte die Frau. »Wir waren gegenüber den Alteingesessenen immer noch Outlaws, obwohl wir schon Jahre dort gelebt haben, und meine Auffassung darüber, dass es falsch ist, die Aboriginekinder von ihren Eltern wegzunehmen, um sie in den Schulen der Weißen zu erziehen, stieß auf den Widerstand der weißen Farmer, die dafür die unglaublichsten Argumente vorbrachten. Ich hatte nicht die Absicht aufzugeben, aber die Schulbehörde hielt mich schließlich für nicht akzeptabel als Lehrerin und befand sich damit offensichtlich im Einverständnis mit den obersten Ämtern, denn meine Eingaben nutzten nichts.«

»Das war der Grund für ihre Ausreise?«

»Teils, teils, denn auch mein Mann bekam zunehmend Schwierigkeiten, wenn er bei Kongressen und Zusammenkünfte der Ärzte auf die psychologischen und physischen Schäden, die bei den Kindern auftraten, aufmerksam machte.«

»Und warum sind sie gerade hierher gekommen?«

»Es ist die Heimat meiner Mutter, in der sie bis zu ihrer Emigration gelebt hat, und es war ihr größter Wunsch, solange sie lebte, dass ich wieder einmal hierher zurückkehren möchte. Für sie war es zu spät.« Barbara wusste nicht so recht, wie sie mit der Frau umgehen sollte. Dass sie als Jüdin und Emigrantin die unsäglichen Hürden leichter überwinden konnte als jeder andere Ausländer, mochte zutreffen, aber hatte sie es sich nicht zu leicht vorgestellt, hier zu leben?

Ihr Gast schien ihre Zweifel am Gesicht abzulesen, denn sie ergänzte: »Man sagte meinem Mann auf einem internationalen Ärztekongress, dass es gute Arbeitsmöglichkeiten gäbe. Alte Freunde haben das dann vermittelt, vor allem ein ehemaliger Studienkollege meines Mannes, der hier in leitender Stellung arbeitet.«

Vitamine B sogar auf internationalem Parkett, schmunzelte Barbara in sich hinein. Dann nahm sie das Tagebuch mit der Dokumentation über die Aborigines in die Hand und blätterte in den dicht beschriebenen Seiten, um ihre Gedanken besser ordnen zu können. In einem Regionalprogramm war diese Thematik am falschen Platz, überlegte sie. Sie ging alle Möglichkeiten durch, die es für eine Veröffentlichung geben könnte, aber als Einzige blieb Radio Berlin International übrig. Ihr Ex Mann saß dort in der englischsprachigen Redaktion.

Als sie dieses Vorgehen andeutete, löste sich die Anspannung im Gesicht ihrer Besucherin.

»Versprechen kann ich ihnen noch gar nichts,« sagte Barbara deshalb zum Abschied, um die Erwartungen nicht zu hoch werden zu lassen.

Gregor Hansen fing Barbara ab, als sie gerade nachhause gehen wollte.

»Wie war es, habt ihr eine Übereinkunft treffen können?«

»Da hast du mir ganz schön was aufgeladen,« sagte Barbara.

Mit einem um Verzeihung heischenden Lächeln sagte Hansen, »ich wusste ja, dass du sie nicht wegschicken würdest.«

Während Barbara darüber nachdachte, wie sie ihrem Ex-Mann den Fall schmackhaft machen könnte, erinnerte sie sich einer Lehrerin aus ihrer Schulzeit, die ein ähnliches Schicksal wie Ruth Freitag gehabt hatte. Sie kam aus der Emigration und versuchte neue Ideen in das konventionelle Kollegium zu tragen. Sie machte mit den Schülern Wochenendfahrten, was zu der damaligen Zeit eher unüblich war, und wenn sie abends gemeinsam am Lagerfeuer saßen, erzählte die Lehrerin oft von ihren Erlebnissen als Pfadfinder in England. Damit musste sie wohl bei einer höheren Schulbehörde in Misskredit gefallen sein, denn mitten im Schuljahr erklärte eines Tages der Direktor, dass eine neue Klassenleiterin käme, die Lehrerin habe es vorgezogen, wieder nach England zurückzukehren. Er ließ die Klasse in Ratlosigkeit zurück, denn es hatte nie Anzeichen dafür gegeben.

Barbara hatte damals einen langen Artikel für die FDJ-Wandzeitung geschrieben, der mit der Frage endete, was man im Lehrerkollegium dafür getan habe, um die Lehrerin zu halten, aber sie bekam keine Antwort darauf.

Die Erinnerung rief in Barbara das Gefühl wach, als könne sie mit ihrer Hilfe für die Australierin etwas wiedergutmachen.

Am Abend kam ihr Ex Mann ihrem Anruf zuvor.

»Ich habe ein tolles Angebot für Mareen,« sagte er nach kurzer Begrüßung. »Sie kann noch in diesem Herbst im Radio Berlin International ein Volontariat in der französischen Redaktion anfangen. Was sagst du?«

Barbara wusste vor Überraschung nicht gleich zu antworten. Bisher hatte er sich nach der Scheidung wenig in die Erziehung der Kinder eingemischt, obwohl sie sich trotz des nun schon vierjährigen Getrenntlebens des Öfteren ausgetauscht hatten, wenn es Probleme gab. Aber gerade vor dem Beginn des Studiums einzugreifen, das ging ihr denn doch zu weit.

»Sie kann auch in ein Fernstudium umsteigen,« versuchte Redmann sie zu überzeugen, »aber eine solche Chance bekommt man nur einmal.«

»Da hast du wohl nachgeholfen.«

»Ein bisschen schon. Man weiß ja auch, von welchem Stamm sie kommt.«

Immer wieder diese Selbstüberschätzung ärgerte sich Barbara, er wird es wohl auch nichts mehr ändern können.

Mit wenig Begeisterung in der Stimme sagte sie deshalb, »dann bring es Mareen am besten selber bei, und möglichst bald.« Er wollte schon das Gespräch beenden, als ihr die Australierin einfiel. »Daraus könntest du eine spannende Sendereihe machen,« versuchte sie ihn für ihr Anliegen zu gewinnen.

Sie wusste, worauf er anspringen würde und hatte sich darin auch nicht getäuscht.

»Dann schick mal die ganze Mappe zu mir, ich werde schon sehen, was sich machen lässt. Durchgecheckt sind die beiden wohl von der Firma?«

»Wenn er als Arzt hier arbeitet, ganz sicher,« entgegnete Barbara, die wohl wusste, welche geheimen Prozeduren in Gang gesetzt wurden, wenn es um Ausländer ging.

Sie bedauerte, dass sie sich nicht selbst um das Projekt kümmern konnte, und es fiel ihr schwer, auf die gänzlich andere Aufgabe umzuschalten, die sie in den nächsten Tagen auf dem flachen Lande erwartete.

Am anderen Morgen überflog sie beim Frühstück noch einmal die Fakten, die ihr der Sendedirektor für ihre Reportagefahrt auf den Tisch gelegt hatte. Keinesfalls wollte sie mit Kanonen auf Spatzen schießen, denn ganz danach sah es aus.

Als sie zum Fuhrpark ging, stand Heinz Bremer schon mit seinem khakifarbenen Moskwitsch bereit und wartete auf sie. »Lange Fahrt, oder nicht?«

»Werden wir sehen, auf alle Fälle geht es jetzt erst einmal nach Sternberg.«

Obwohl der alte Moskwitsch über das Kopfsteinpflaster der mecklenburgischen Straßen rumpelte, dass es sie bei Tempo 80 fast aus dem Sitz hob, genoss Barbara die Fahrt an Feldern und Weiden vorbei, die, je näher sie Sternberg kamen, in sanften Höhenwellen an die Wälder grenzten. Was hatte sie damals für eine Vorstellung von Mecklenburg gehabt, als sie nach ihrem Studium in Leipzig hier her ins Volontariat beordert wurde. Vor ihrem geistigen Auge war plattes Land entstanden, Weiden und Ackerflächen in einer sich endlos dehnenden Einöde. Und nichts davon traf zu. Jetzt, nach etlichen Jahren am Landessender mochte sie diese ruhige und doch abwechslungsreiche Landschaft nicht mehr missen.

Der ruckartige Halt, der zu Bremser ganz persönlichem Fahrstil gehörte, brachte sie aus ihren Gedanken.

»Ich geh dann mal rein in die Kreisverwaltung,« sagte sie dem Fahrer, »wird nicht all zulange dauern.«

Im Sekretariat des Vorsitzenden traf sie auf die Landwirtschaftssekretärin, die sie mit einem missmutigen Blick musterte.

»In das Dorf wollen sie?« und sie nahm dabei Barbaras Anmeldung zur Hand.

»Es gibt dort immer Gerangel, keine Disziplin, nur Widerworte, wenn wir etwas von ihnen wollen.«

»Können sie dazu etwas Genaueres sagen?« fragte Barbara deshalb direkt.

»Ach, dazu schauen sie sich dort am besten selber um, sonst wird einem noch jedes Wort im Munde verdreht, wenn man etwas sagt. Den Vorsitzenden haben wir von ihrer Ankunft in Kenntnis gesetzt.« Die magere blonde Frau dreht ihr abrupt den Rücken zu und hielt damit das Gespräch für beendet.

»Bürokraten,« brummte Bremer nur, als Barbara ihm davon erzählte, »und wenn mich meine Nase nicht täuscht, dann dürften die im Dorf ganz in Ordnung sein, wenn sich so eine Ziege darüber ärgert.«

Der Moskwitsch rumpelte mit seinem rasanten Fahrer über noch schlechtere, ausgefahrene Straßen als bisher. Als vor ihnen eine Ortschaft auftauchte, ließ Barbara ihn anhalten.

»Das muss das Dorf sein. Hier rechts in der Gastwirtschaft machen wir mal Pause, und vielleicht erfahren wir auch ein bisschen mehr über die Querelen.«

Als sie in die Wirtsstube eintraten, hob der Wirt hinter dem Tresen neugierig den Kopf. Viele Gäste waren wohl noch nicht hierher gekommen. Nur drei schwarzbärtige Männer um die Fünfzig saßen in einer Ecke zusammen. Als sich Barbara und Heinz Bremer setzen, standen sie auf und verließen ohne ein weiteres Wort den Raum.

»Sind die unseretwegen gegangen,« wollte Barbara wissen.

„Schon möglich," entgegnete der Wirt kurzsilbig und fragte nach der Bestellung.

In Mecklenburg muss man alles langsam angehen, das wusste Barbara mittlerweile und so fragte sie erst nach einer geraumen Pause eher nebenbei den Wirt, wer die Männer denn seien, die so plötzlich aufgebrochen waren.

»Das sind unsere Bessarabier,« sagte der Wirt, nun gesprächiger geworden, »so heißen sie immer noch bei uns, obwohl dass schon Jahre her ist, dass sie von dort weg waren.«

»Sind sie Bauern?«

»Und was für welche!« Der Wirt war von seinem Tresen hervorgekommen und setzte sich neben Barbara an den Tisch.

»Ganz junge Spunte waren sie, als sie mit ihren Eltern mit dem Treck hier ankamen. Die Höfe, von den Bauern hier, die in den Westen gegangen waren, haben sie übernommen und von früh bis spät geackert, damit alles in Schuss kam, und das ist noch heute so.«

»Und trotzdem hat das Dorf einen so schlechten Ruf beim Kreis?« Der Wirt sah sie misstrauisch an, »hat sich das schon bis in die Stadt herumgesprochen?«

Aber dann, wie um sein Dorf zu rechtfertigen, sagte er doch: »Die haben eben ihren Dickkopp. Und wenn sie von oben verordnet kriegen, dass die Saat einzubringen ist, dann tun sie das noch lange nicht, sondern erst, wenn es nach ihrem Gefühl die richtige Zeit dafür ist.«

»Warum schreiben sie nicht mal an den Kreis, dass das Reglementieren von oben nicht zur Landwirtschaft passt?«

»Sie haben Ideen Frolleinchen,« sagte der Wirt und musste lachen, »erst mal würde ihnen das schlecht bekommen, und zum anderen können sie gar nicht schreiben.«

Barbara sah ihn erstaunt an. »So was gibt es noch?«

»Ja,« konterte der Wirt, »alle Jahre blieb keine Zeit dafür, und nebenbei bemerkt hatten sie bestimmt auch keine Lust, aber seit der neue Vorsitzende bei uns angefangen hat, da gab's kein Pardon, da müssen sie sich auf den Hosenboden setzen und lernen. Ich mach doch nicht eure Schreibarbeit, meinte der Vorsitzende. Ist eben ein harter Hund, der überall durchgreift.«

»Das müssen sie mir mal ins Mikrofon erzählen,« sagte Barbara und brachte ihr Gerät zu Tage.

»Nö, nö,« wehrte der Wirt ab, »dann kann ich meine Kneipe gleich zumachen.« Und er verschanzte sich wieder hinter seinem Tresen.

Als der Moskwitsch mit der Aufschrift Landessender vor dem Gehöft hielt, das ihnen der Wirt noch beschrieben hatte, stand der Vorsitzende schon vor der Tür. Er sah Barbara mit zusammengekniffenen Augen an, als sie ausstieg, und ließ nach der kurzen Begrüßung nur vernehmen: »Wollt ihr uns auch wieder beim Kreis anschmieren?«

»Hat der Rundfunk nach meinem Wissen wohl noch nicht getan,« gab Barbara ungerührt zur Antwort. »Legen sie doch die Karten auf den Tisch, dann werden wir herausfinden, wo etwas nicht stimmt.« Sie setzte ihr freundlichstes Lächeln auf und bot ihm die Hand zum Handschlag.

»Na dann kommen sie mal mit,« knurrte er schon weniger unfreundlich als vorher.

Vor einem Arbeitswagen am Feldrand blieb Helfsgott stehen. Gelächter drang nach draußen und es roch nach frisch gebrühtem Kaffee.

Der Vorsitzende lief langsam rot an und klopfte mit seinem Gehstock an die Tür. »Kaffeepause beenden,« rief er barsch, »in der Feinfroste warten sie schon auf die Erdbeeren.«

Erschrocken drängten sich fünf nicht mehr ganz junge Frauen aus dem Wagen und banden sich ihre Kopftücher um.

»Dass man immer hinterher sein muss,« rief Helfsgott ihnen noch nach und beschleunigte seine Schritte. »Wir gehen jetzt zur Feinfroste.«

Die Feinfrostanlage erwies sich als moderne Fließfertigung. Etwa 12 Frauen hatten alle Hände voll damit zu tun, die Früchte vorzusortieren, zu reinigen und am Ende die in Folien eingeschweißte Ware in die Kühlbehälter zu geben.

»Läuft doch alles ganz hervorragend, wo ist denn da der Haken,« wollte Barbara wissen.

»Der Haken, junge Frau liegt daran, woran so manches bei uns scheitert. Wir hatten in Sachsen so eine Feinfrostanlage bestellt, die Anlage kommt, aber nicht die Verpackungsfolie. Wir rufen an, aber es kommt nur ein kleiner Posten, der gerade für eine Woche reicht. Also, was tun? In Berlin warteten schon die Kunden auf unsere Erbsen, Möhren und weiß Gott auf was nicht alles. Wir zur Bezirksleitung, aber da kriegen wir nur zur Antwort, wir hätten es eben mit der Feinfrostanlage nicht so eilig haben sollen. Alles nur hübsch nach Plan, was anderes geht nicht. Na, da bin ich fast ausgerastet.«

Helfsgott schob eine Pause ein und zündete sich seine Pfeife an.

»Der Zufall wollte es, dass zu dieser Zeit der österreichische Bundeskanzler den Bezirk besuchte, und mal eine ganz normale LPG und kein Vorzeigeobjekt sehen wollte. Konnte man ihm nicht abschlagen, und was macht er, geht direkt zu unserer Feinfrostanlage. Und die stand natürlich still. ‚Kann ja nicht funktionieren,‘ sagte die Käte, die gerade das Band reinigte auf seine Frage, ‚weil wir nämlich keine Folie bekommen.‘

Die Gesichter ringsum hätten sie sehen sollen. Kurzum, 4 Tage später kommt ein Botschaftswagen aus Berlin, vollgepackt mit Folie und mit den besten Grüßen des österreichischen Bundeskanzlers. Na und danach musste sich unsere Parteispitze im Bezirk bewegen, um den kontinuierlichen Nachschub zu sichern.«

»Und dann waren sie auf einmal der Beste.«

»Was denken sie, das trägt man mir nach, bis zum geht nicht mehr. Sie haben doch beim Kreis gehört, was man von unserem Dorf hält.«

Er grinste breit und verabschiedete sich von ihr mit einem kräftigen Händedruck.

Noch auf der Rückfahrt hatte Barbara sich Notizen gemacht, um nichts von der Story zu vergessen. Sie nahm alles mit nachhause, um in Ruhe zu überlegen, mit welcher Funkform sie die beste Aussage würde treffen können. Sie entschloss sich, ein Feature zu produzieren. Den Rest der Woche arbeitete sie daran, und als die Produktion beendet war, rief sie Heinz Bremer zum Vorspiel in die Technik.

»Du hast doch alles miterlebt,« sagte Barbara, »nun sag mal deine

Meinung, ob das alles stimmig ist.«

Bremer zierte sich erst ein Weilchen und murmelte, dass er davon doch nicht viel verstünde, aber dann hörte er doch aufmerksam zu und sagte nur zwischendurch: »Genau so war es, genau so!«

Technikerin Heike Sommerfeld hob den Daumen nach oben. »Na, wenn unser erstes Publikum das meint, dann ist das Klasse.«

Auch beim Vorspiel in der Redaktion gab es beifälliges Nicken.

Der Chef zeigte bei der Abzeichnung der Sendung zunächst ein zufriedenes Gesicht, als die Sache mit den Folien kam, verfinsterten sich allerdings seine Züge.

»Ich möchte dich dazu noch mal sprechen,« sagte er. »Komm mal mit in mein Zimmer.«

»Das kannst du so nicht stehen lassen,« polterte er dann los. »Das gibt dem Klassengegner ja Wind auf die Mühlen!« Er hatte sich von seinem Sessel erhoben und ging aufgeregt hin und her. »Und das in einer Zeit, wo ohnehin das ganze Pack über uns herfällt und die Leute abhauen.« Er legte eine Pause ein und sah Barbara scharf an. »Den zweiten Teil schneidest du ab. Lass dir ein anderes Ende einfallen, sonst liegt dein Feature auf Eis.«

Barbara wusste für den Augenblick nicht, was sie erwidern sollte. Sie schüttelte nur den Kopf und verließ wortlos das Zimmer. Zorn stieg in ihr hoch. Sie setzte sich an ihren Schreibtisch und starrte vor sich hin. Am liebsten hätte sie alles hingeworfen und das Feature im Papierkorb versenkt.

Gregor Hansen kam ins Zimmer, weil er wohl ahnte, was in ihr vorging. »Hast du dir schon eine Lösung überlegt?«

Barbara deutete auf den Papierkorb und war zu wütend, um ihm eine Antwort zu geben.

Hansen setzte sich neben sie. »Und wenn du nur die Passage mit dem Österreicher herausschneidest? Immerhin hat die BL nach diesem Anstoß reagiert und hat alles für die kontinuierliche Versorgung mit Folie eingeleitet.«

»Und alles andere kehren wir unter den Tisch?«

»Wenn du nichts änderst, wird alles Makulatur, und damit hast du deinem Vorsitzenden und dem Dorf auch nicht geholfen.«

»Und wie stellst du dir das vor?«

»Lass ruhig die kritischen Bemerkungen der Frauen bestehen und finde heraus, welcher Mitarbeiter in der BL dann schließlich veranlasst hat, dass die Feinfrostanlage jetzt arbeiten kann.«

»Also machen wir aus einem Saulus einen Paulus?«

»Nenn es, wie du willst,« sagte Hansen, »manchmal muss man leider taktieren. Also überleg dir's.«

Barbara durchdachte seinen Vorschlag. Sie hatte ein schlechtes Gewissen dabei, als sie schließlich die Bezirksleitung anrief und den zuständigen Mitarbeiter erreichte.

Der zeigte sich erfreut, dass sein Anteil an der Weiterbetreibung der Feinfrostanlage gewürdigt werden sollte, und sprach bereitwillig ein paar Worte dazu auf Band. Als Hansen die veränderte Fassung abhörte, sagte er nur: »Irgendwie hast du damit die Kurve gekriegt. Wir leben alle damit und davon, dass die Schere im Kopf funktioniert. Du hast das für einen Moment vergessen.«

»Schlimm genug,« sagte Barbara, und ließ ihn stehen. Alles sträubte sich in ihr zu akzeptieren, was in der täglichen Praxis Gang und Gebe war. Aber sie dachte an ihre Kinder, die sie noch brauchten, und was passierte, wenn sich der Daumen in der Chefetage nach unten senkte; dann war sie ihren Job los.

Erstaunlicherweise kam nach der Ausstrahlung ihres Features und des gebliebenen kritischen Teils kein Grollen aus den obersten Etagen.

Sie konnte sich dennoch nicht recht darüber freuen und war froh, dass sie ihren Urlaub antreten konnte, der sie für Tage aus der Redaktionsumgebung riss. Und sie hatte auf einmal auch große Sehnsucht nach ihren Kindern. Der Weg nach Rostock war von dem betriebseigenen Bungalow an der Ostseeküste nicht so weit, um sie zu besuchen. Sven war zwar ausreichend damit beschäftigt, die Vorbereitungen für das Studium zu treffen und sich seine Studentenbude einzuräumen, wobei ihm Mareen half, aber soviel Zeit würde schon sein für einen gemeinsamen Bummel. Seit die Zwillinge die Schule beendet hatten, fehlte ihr das tägliche Zusammensein. Sie würde sich erst daran gewöhnen müssen.

Als Barbara in der kleinen Feriensiedlung ankam, ließ sie erst mal alle Sachen liegen und lief hinunter zum Strand.

Sie breitete die Arme aus, als wollte sie die schier grenzenlose Weite mit Himmel, Dünen und Meer umarmen. Wenn es einen Ausdruck für Freiheit gab, dann war es das hier. Sie ließ sich in den Sand sinken und blieb liegen, ohne auf die Uhr zu schauen.

Als sie wieder aufstand, war ihr als sei eine Last von ihr abgefallen.

Das kleine reetgedeckte Haus hatte alles, was man für ein paar Urlaubstage brauchte. Ein Fernseher war da, ein Radio, einige Bücher und Spiele. Sie beschloss weder Radio noch Fernseher zu nutzen, um nur für sich allein zu sein. Dann duschte sie sich, um den letzten Rest Alltag abzuspülen und machte sich auf den Weg zum Dorfkonsum.

Die ersten Tage vergingen mit der Erkundung der Umgebung und mit Baden und Sonnen. Sie liebte es, wenn sie vom Strand kam, noch ein wenig an den Wiesen entlangzugehen, wo sich die Schafe an das Gitter drängten, wenn sie vorbeikam.

Das Kreischen der Möwen weckte sie des Morgens und das Flöten der Amseln am Abend zeigte an, dass bald die Sonne hinter dem Wald verschwinden würde.

Erst in der Mitte des Urlaubs rief sie Sven im Internat an und verabredete sich mit ihm und Mareen. Jetzt glaubte sie, dem Trubel der Stadt wieder gewachsen zu sein.

Barbara hatte sich mit ihnen vor dem Internat verabredet.

»Willst du mal hochkommen« fragte Mareen, stolz auf das, was sie zur Einrichtung beigetragen hatte.

Barbara musterte das schmale Stübchen, das Sven mit einem anderen Kommilitonen teilte.

»Du hast ja tatsächlich unsere Gardinen verwenden können; und unser Gummibaum macht das Zimmer richtig wohnlich.«

»Hauptsache Sven vergisst nicht zu gießen,« sagte Mareen, »zuhause habe ich das ja meist gemacht.«

Sven gab einen brummenden Laut von sich, er mochte es nicht, wenn die Schwester ihn zu sehr betütelte, wie er das nannte.

»Ja, apropos zuhause,« sagte Barbara, als sie die Lange Straße entlang schlenderten.

»Willst du dich nun auch noch auf und davon machen?«

»Hat Papa denn mit dir schon gesprochen?« fragte Mareen und sah dabei nicht so recht glücklich aus, weil sie nicht zuerst ihre Mutter informiert hatte.

»Willst du nun auf das Studium verzichten und gleich als Volontär zum Sender gehen?«

»Lieber heute als morgen!« Mareen strahlte, »studieren kann ich dann immer noch.«

Barbara enthielt sich dazu jeder Bemerkung. Dass es kein leichter Weg werden würde, wusste sie aus eigener Erfahrung, aber sie vertraute auf das Durchhaltevermögen ihrer Tochter.

Da es noch früher Nachmittag war, an dem sie sich getrennt hatten, beschloss Barbara ein wenig allein durch die Stadt zu schlendern und sich die imposanten Kirchenbauten anzuschauen.

Sie stand gerade vor dem Einlasstor zum Dom, als sich eine Hand auf ihre Schulter legte. Als sie sich erschrocken umdrehte, stand in ganzer Länge Gregor Hansen vor ihr. Er überragte sie um einen Kopf und seine schon leicht angegrauten Haare waren von der frischen Seebrise zerzaust. Wie ein großgewordener Junge, betrachtete ihn Barbara.

»Ich bin schon seit gestern in der Stadt zu einer gemeinsamen Redakteurskonferenz beider Landessender,« sagte er, »und heute Nachmittag haben wir Freizeit.«

Er sah sie erwartungsvoll an. »Kommst du mit mir heute Abend in die Seemannsbar? Ich habe keine Lust mit dem ganzen Haufen vom Sender zusammen zu sein.«

Barbara zögerte erst; immerhin waren sie nicht in bester Laune auseinandergegangen. Andererseits dachte sie, ein Abend in Gesellschaft würde ihr vielleicht ganz gut tun.

»Wenn du mich danach wieder zu meinem Bungalow fährst,« sagte sie deshalb, »eine Buslinie gibt es nach 20 Uhr nämlich nicht.«

Barbara machte sich noch auf den Weg, um zunächst nach einer passenden Bekleidung für den Abend zu suchen. Sie wurde bald fündig. Jeans und T-Shirt stopfte sie in ihre Einkaufstasche, und als sie dann in ihrem floralen Sommerkleid zur Verabredung erschien, sah sie Hansens Gesicht an, dass sie die richtige Wahl getroffen hatte.

Die Seemannsbar war genauso, wie sie sie schon in den beliebten Sendungen aus der Hafenbar gesehen hatte. Blankpolierte dunkle Holztische, der glänzende Tresen mit der messingfarbenen Schiffsglocke und ein Riesensteuerrad an der Hinterwand.

»Urgemütlich,« sagte Barbara bewundernd. Sie hatten einen Tisch direkt an der Tanzfläche gewählt und die Paare paradierten alle an ihnen vorbei.

Ein weißblonder stämmiger Mann fiel Barbara besonders auf.

»Ist ein Schwede,« sagte Hansen, »wir haben ihn bei der Hafenbesichtigung schon auf seinem Frachter gesehen. Er fiel uns auf, weil er fürchterlich mit seiner Crew wetterte. Nun hat er sich offensichtlich abreagiert.«

»Und das geht hier so alles ohne Probleme mit den Ausländern?«

»In Rostock ist manches möglich, schließlich bringen sie auch eine ganze Menge Devisen an Land.«

»Großzügigkeit auf der einen, Kleingeisterei auf der anderen Seite,« sagte Barbara mit einem Anflug von Bitterkeit.

»Du denkst an dein Feature?« Hansen legte eine Pause ein. »Vielleicht bin ich manchmal zu vorsichtig, weil ich die Politspielchen kenne.« Hansen hob sein Weinglas und stieß mit Barbara an. »Lassen wir mal das Dienstliche. Hättest du Lust zum Tanzen?«

Barbara zögerte etwas mit der Antwort, auf einem Betriebsfest zusammen zu sein oder wie hier, zu zweit, das war eine ganz andere Sache. Aber dann überkam sie doch die Lust, auf die Tanzfläche zu gehen.

Schließlich tanzten sie den ganzen Abend miteinander. Ein seltsamer Schwebezustand hatte sie erfasst sie, aus dem sie erst das Ende der Abschiedsmusik riss.

Hansen legte ihr auf dem Weg zu seinem Wagen sein Jackett gegen die Abendkühle um und spielte einwenig verloren mit ihrem Seidenschal, ehe er ihr die Hand gab.

»Ein schöner Abend,« sagte er, als sie vor ihrem Bungalow angekommen waren.

»Es war sehr schön,« sagte er noch einmal, und fuhr davon.

Am nächsten Tag empfand Barbara eine unerklärliche Leere. Nicht etwa, dass dir Hansen fehlt, dachte sie nach einigem Überlegen ärgerlich, aber schon der Gedanke daran erfüllte sie mit einer gewissen Unruhe.

Als Barbara von ihrem Urlaub wieder in ihre Wohnung zurückkehrte, begrüßte sie die Nachbarin schon auf der Treppe und übergab ihr einen großformatigen umfangreichen Briefumschlag. »Die Postfrau wollte ihn mir erst gar nicht geben,« bemerkte sie aufgeregt, »aber dann hab ich ihr die Vollmacht gezeigt, die sie mir zum Glück gegeben haben.«

Barbara bedankte sich. Sie war froh Tür an Tür mit Nachbarn zu wohnen, die sie um jede Gefälligkeit bitten konnte. Erst hatte da ein wenig Distanz geherrscht, weil das Ehepaar, sie Köchin und er Meister im Stahlbau, nicht recht wussten, wie sie mit einer Journalistin umgehen sollten, aber inzwischen gab es so manchen Schwatz, wenn es wieder einmal etwas über die Stadt oder das Angebot in den Geschäften zu erörtern galt.

Als Barbara den Briefumschlag öffnete, fanden sich darin das Tagebuch der Ruth Freitag sowie Zeitungsausschnitte und Sendemanuskripte, die zu dem Thema Aborigines veröffentlich worden waren.

»War ein guter Tipp von dir,« hatte ihr Ex-Mann auf einen Zettel dazu geschrieben.

Barbara nahm sich vor, noch ehe sie wieder zur Arbeit ging, mit Ruth Freitag Kontakt aufzunehmen und ihr den Brief zu übergeben.

Wie sie es fast erwartet hatte, lud sie Ruth Freitag bei ihrem Telefonanruf zu sich ein, um sich bedanken zu können.

Sie bewohnte mit ihrem Mann ein einstöckiges Haus am Stadtrand. Als Barbara eintrat, fiel ihr ein großes hölzernes Schild an der Rückwand der Diele auf, das mit erdfarbenen und weißen Hieroglyphen bemalt war. Eine Bodenvase nahm die Farben auf und auch in der Stube, in die Ruth Freitag Barbara führte, setzten sich die warmen Ockertöne fort.

»Sie haben wohl noch Sehnsucht nach dem Outback,« fragte Barbara, als sie die seltsam geformte Schalen und einen Bumerang auf dem Kaminsims entdeckte.

»Wenn man ein Drittel seines Lebens dort verbracht hat, ist das doch kein Wunder,« antwortete die Gastgeberin.

Barbara übergab ihr den Briefumschlag mit den Artikeln und Sendemanuskripten.

Ruth Freitag griff voll Spannung zu. Barbara beobachtete, wie es während des Lesens in dem dunklen Gesicht ihres Gegenübers arbeitete. Schließlich sah sie auf. »Das ist mehr, als ich erwartet habe,« freute sie sich. »Und das wurde englischsprachig auch in den australischen Raum ausgestrahlt?«

Barbara versicherte es ihr.

»Ich weiß, dass man mit Appellen und Sendungen keine Verhältnisse ändern kann,« meinte die Australierin, »aber wenn dabei nur der Effekt dabei herauskommt, dass es einen weiteren Anstoß dafür gab, die Öffentlichkeit auf das Problem der Aborigines aufmerksam zu machen, dann ist schon viel erreicht, und wir waren ihnen das schuldig.«

»Und wie fühlen sie sich nun hier?« erkundigte sich Barbara.

»Es ist für mich schön, wieder in meiner Muttersprache reden zu können,« gab Ruth Freitag zur Antwort, »und es ist uns schon bewusst, dass auf eine andere Art auch die Leute hier in einer komplizierten Lage sind. Das wussten wir aber schon vorher, ehe wir hierher kamen und das hat uns nicht abgeschreckt.«

Als Barbara sich verabschieden wollte, reichte ihr Ruth Freitag noch eine kleine Broschüre. »Ich nehme sicher an, dass sie das interessieren wird. Meine Freunde von der Umweltbibliothek, die mich hier sehr warm in ihre Mitte aufgenommen haben, stellten darin Fakten zusammen, was für diesen schönen Landstrich hier noch getan werden muss.«

Barbara entrang sich ein Seufzer: »Die Leute von der Umweltbibliothek sind hier nicht gern gesehen, wissen sie das eigentlich?«

Ruth Freitag nickte. »Man hat es mir erzählt, aber wenn ich mich hier in meiner neuen Heimat einrichten will, muss ich doch auch etwas dafür tun.«

Als Barbara wieder ihre Dienst antrat, spürte sie eine spannungsgeladene Atmosphäre in der Redaktionssitzung. Sie hatte zwar auch Ende ihres Urlaubs verfolgt, dass massenweise junge Familien in die Prager Botschaft geflüchtet waren, aber sie hatte gehofft, dass inzwischen von Regierungsseite eine Klärung herbeigeführt wurde. Welcherart, darüber war sie sich nicht im Klaren. Wie sie aber erfuhr, war nichts dergleichen erfolgt und sowohl die ansonsten allgegenwärtige Partei war ebenfalls abgetaucht, beziehungsweise hüllte sich in Schweigen. Niemand in der Redaktion wusste noch, wie auf die erbosten Anrufe der Hörer zu reagieren war, und da der Sendedirektor sich ebenfalls auf die Ausrede zurückzog, es werde schon noch seinen sozialistischen Gang gehen, ließ man das Programm laufen, ohne die aktuellen Ereignisse weiter zu kommentieren.

Das ist ja alles noch schlimmer als vorher, dachte Barbara und wartete von Tag zu Tag auf die Eruption, die ja einmal kommen musste.

Ihr Sohn rief sie eines Tages an. »Warum gibt es so einen Stillstand in eurem Programm,« wollte er wissen. »Alle Welt diskutiert, wie es weitergehen soll, nur bei euch ist nichts davon zu hören, es sei denn, man kolportier das, was die Partei hören möchte.«

»Weißt du denn, wie es weitergehen könnte?« fragte Barbara zurück.

»Bei uns hat sich Professor Lahn von den Naturwissenschaften dafür ausgesprochen, dass sich eine Bürgerbewegung für die notwendigen Veränderungen gründen sollte,« sagte Sven, »Neues Forum der Name. Ich habe schon überlegt, ob ich da nicht mitmachen sollte.«

Barbara hielt einen Moment erschrocken inne. »Ist das denn legal?«

»Dafür werden die Akteure schon antreten,« meinte Sven.

»Du stehst erst gerade am Anfang im Studium, sieh dich bloß vor,« meinte Barbara besorgt, aber Sven lachte nur: »Bin doch kein kleines Kind mehr!«

Als Barbara nach einer Frühmoderation nachhause kam, fand sie im

Briefkasten einen Zettel vor, auf dem in flüchtiger Schrift notiert war: »Bitte Frau Freitag anrufen.« Es war die Praxisnummer ihres Mannes.

»Hat ihre Frau gesundheitliche Probleme,« fragte Barbara, als sich eine Männerstimme meldete.

»Probleme schon, aber Gott sei Dank keine Gesundheitlichen,« erwiderte die sonore Männerstimme. »Wir haben leider noch kein Telefon zuhause. Wenn sie Zeit haben, würde sie meine Frau heute gerne im Resicafé am Markt treffen, so gegen 18 Uhr.«

Als Barbara in dem Stadtcafé eintraf, war das Gros der Besucher schon gegangen, nur noch die leeren Kaffeetassen warteten darauf, abgeräumt zu werden. Aus einer der Nischen, die etwas separat vom übrigen Raum abgeteilt waren, winkte ihr Ruth Freitag zu.

»Es ist lieb von Ihnen, dass sie trotz der Kürze der Vereinbarung gekommen sind,« sagte Ruth Freitag, »aber wenn es nicht eine dringliche Angelegenheit wäre, hätte ich sie nicht belangt.« Sie zeigte Barbara die Fotografie einer Straße mit Alleebäumen.

»Um diese Bäume geht es. Sie sollen nach dem Willen des Bezirks in ein paar Tagen geschlagen werden, damit der Fernverkehr nicht behelligt wird. Bäume, die in vielen Jahren gewachsen sind und, die die ganze Schönheit unserer Umgebung ausmachen.«

»Haben sie schon etwas dagegen unternommen?« fragte Barbara irritiert darüber, was sie mit dieser Sache zu tun haben sollte.

»Unsere Umweltgruppe hat schon mit dem zuständigen Ratsmitglied im Bezirk gesprochen, aber ohne Erfolg. Man müsse sich im Interesse der Wirtschaft auf größere Lastwagen und Transporte einstellen, und Alleebäume wären da ein Hindernis.«

Barbara konnte sich gut vorstellen, wie Ruth Freitag und ihre Freunde abgefertigt worden waren. Sie brauchten offenbar einen Fürsprecher, da lag der Rundfunk am nächsten. Und damit traf es wieder einmal sie. Vor ihr lag das Foto, das die prächtige alte Baumallee zeigte. Ewig schade darum, dachte sie. Wenn es eine Alternative für die Wegstrecke gäbe, wäre sicher etwas zu machen, zumal jetzt ohnehin eine Zeit der Unsicherheit angebrochen war und damit vielleicht auch sonstige Reglementierungen ausbleiben würden. Sie merkte, wie sie sich mit dem Vorhaben anfreunden konnte. Ein Weg wäre der über den Kulturbund. Sie kannte den Bezirkssekretär aus mehreren Interviews, die sie mit ihm über die Tätigkeit der Gruppe Natur und Heimatfreunde geführt hatte.

Noch konnte sie Ruth Freitag nichts versprechen, aber die war schon über die Aussicht auf eine Chance glücklich.

Als sie am anderen Tag im Kulturbund anrief, bekam sie ohne Weiteres einen Termin beim Bezirkssekretär. Er erinnerte sich offenbar noch an sie.

Premborn war ein stattlicher Endfünfziger, dessen großen kräftigen Hände noch an den einstigen Waldarbeiter erinnerten.

»Wo drückt der Schuh?« empfing er Barbara und setzte sich neben sie in die Besuchersessel. Er vermied es immer, seine Gesprächspartner hinter dem Schreibtisch thronend zu empfangen.

Barbara legte ihm das Foto von der Baumallee vor. »Das alles soll in wenigen Tagen verschwinden, wenn niemand den Baumschlag stoppt,« sagte sie.

Premborn nahm seine Brille aus dem Etui und setzte sie umständlich auf. Offensichtlich wollte er Zeit gewinnen, nachdem ihn Barbara so unvermittelt mit ihrem Problem konfrontiert hatte. Er holte einen Aktenordner aus dem Regal und blätterte darin.

»Von einem Beschluss zu dieser Fällaktion kann ich nichts finden. Sind sie sicher, dass das vom Rat des Bezirkes kommt?«

Barbara nickte.

Premborn griff zum Telefon. Offensichtlich wollte er sich beim zuständigen Ratsmitglied informieren.

Barbara beobachtete ihn, wie ihm beim Zuhören die Röte ins Gesicht stieg.

Schließlich sagte er mit vor unterdrücktem Zorn heiseren Stimme: »Wenn ihr den Kulturbund nur braucht, um euch mit Vorzeigeobjekten zu schmücken, dann habt ihr die Rechnung ohne den Wirt gemacht. Immer noch haben wir ein Mitspracherecht.« Und damit legte er den Telefonhörer grußlos auf.

Eine Weile schwieg er. Dann streckte er Barbara zum Abschied die

Hand hin: »Was in meinen Möglichkeiten steht, werde ich tun.«

Die Tage bis zum Beginn der Fällaktion vergingen, und als der Termin verstrichen war, wusste Barbara, dass Premborn sein ganzes Gewicht in die Waage geworfen hatte, um die Baumallee zu retten. Einige Zeit später las sie in der Presse, dass der Ausbau einer parallelen Landstraße, also eine Umgehung der bisher geplanten Alleenstraße, in Angriff genommen werde. Angeblich sollten damit Kosten minimiert werden.

So kann man es auch sagen, dachte Barbara, aber der Erfolg zählt.

Als sie wieder einen Zettel von Ruth Freitag im Briefkasten vorfand, mit dem sie Barbara zu sich einlud, sagte Barbara ab. Es genügte, wenn sie ihr hatte helfen können. Mit weiteren Problemen wollte und konnte sie sich zurzeit nicht befassen, denn die Arbeit in der Redaktion beanspruchte ihre ganze Kraft.

Sie hatte den Auftrag bekommen, über die Eröffnung einer Ausstellung Mecklenburger Künstler in Prag zu berichten.

Warum das nicht vom zentralen Programm wahrgenommen wurde, wunderte Barbara. Rissen sich doch dort die Reporter stets um Aufträge, die lukrativ waren und nur über den Rest konnten die Regionalen berichten.

»Ist denen zu heiß, das Thema,« meinte Dettendorf, der Nachrichtenredakteur als ihn Barbara darauf ansprach. »Nachdem die Unterhaltungskünstler schon das Politbüro mit ihren Klagen belegt haben, sind die Bildenden Künstler nicht mehr weit davon entfernt. Dass diese Ausstellung überhaupt in Prag stattfindet, wohin sich unsere braven DDR-Bürger ja scharenweise absetzen, ist sicher nur der Tatsache geschuldet, dass sie schon längerfristig mit den Tschechen verabredet war.«

In der Redaktionssitzung hatte Hansen auf Barbara als Berichterstatter hingewiesen, als der Senderdirektor noch unschlüssig in der Runde herumblickte.

»Wieder so ein heißes Eisen, das dir der Hansen da unterjubelt,« hatte Dettendorf gesagt, als sie nach der Redaktionssitzung wieder in die Redaktionszimmer gegangen waren.

Barbara musste innerlich lachen, sie kannte seine Eifersüchtelei, wenn es um ihre Person ging.

»Bist du neidisch,« foppte sie ihn deshalb, »außerdem fände ich das besser, wenn du als Nachrichtenredakteur mit kämst, vier Augen sehen mehr als zwei. Ich werde das mal Albrecht vorschlagen.« Und damit ließ sie den verduzten Dettendorf stehen.

Barbaras Vorschlag fand die Zustimmung Albrechts, und so konnten sie sich gemeinsam an die Vorbereitungen machen und das hieß in erster Linie die Biografien aller beteiligten Künstler zusammen zustellen. Zu beider Verwunderung fehlten allerdings vielfach die Angaben über bisherigen Ausstellungen und Veröffentlichungen.

»Werden wir schon in Prag ergänzen können,« meinte Dettendorf und bezog sich dabei auf einen entfernten Bekannten, der als Galerist in Rostock gearbeitet hatte.

Auf die Fahrt nach Prag begaben sie sich wieder mit Heinz Bremer. Barbara hatte darauf bestanden, dass er sie fuhr, denn so knurrig er oft war, er beurteilte die Dinge nach dem gesunden Menschenverstand und war schon oft eine Hilfe gewesen.

Dass er den Wolga des Chefs für die lange Fahrt nehmen sollte, bedurfte zunächst einer Auseinandersetzung, wie Barbara sie nicht anders erwartet hatte.

So umrundete Bremer misstrauisch die Bonzenkutsche, wie er den Wolga benannte und hatte an diesem oder jenem etwas auszusetzen. Schließlich aber startete er doch mit einem tiefen Seufzer den Wagen und blieb die erste Strecke der Fahrt ziemlich einsilbig.

Als sie das Erzgebirge erreicht hatten, häufte sich die Zahl der Trabis, die weiße Bänder an ihren Antennen hatten und aufreizend hupten, wenn sie an ihnen vorbeifuhren. »Die woll'n alle nach Prag oder Ungarn,« sagte Bremer gereizt, »als ob sie es nicht schnell genug erwarten können, bis sie die Westmark in der Tasche haben.«

Dettendorf schüttelte skeptisch den Kopf. »Junge Leute haben vielleicht auch noch andere Gründe.«

Bremer gab nur ein böswilliges Grunzen von sich und versank wieder in Schweigsamkeit.

Barbara hütete, sich auf die Diskussion einzugehen. Sie wusste, wohin das führte, wenn sich Bremer einmal festgebissen hatte, und sie brauchte jetzt einen freien Kopf, um sich auf die Ausstellung vorzubereiten.

Als sie am Wenzelsplatz angekommen waren, verabschiedete sich Dettendorf zunächst einmal: »Mein Bekannter trifft sich mit mir hier im Café. Mal sehen, was ich an Fakten sammeln kann.«

Die Ausstellung in dem Prager Presseklub nahe der Karlsbrücke erwies sich für Barbara trotz ihrer gründlichen Recherchen als Überraschung. So viele unbekannte und gute Arbeiten hatte sie nicht erwartet. Sie ging von Bild zu Bild, kehrte manchmal zurück, um sich eines noch einmal anzuschauen. Besonderen Gefallen fand sie an den Gemälden mit Motiven der mecklenburgischen Landschaft. Sie suchte in dem Flyer zur Ausstellung nach den Namen und fand darunter kaum Rezensionen von Kunstkritikern der DDR.

Vor einem der Bilder, das eine Küstenlandschaft mit bizarr geformtem Schwemmholz und riesigen darüber schwebenden schwarzen Vögeln zeigte, blieb sie stehen.

»Fehlen ihnen da vielleicht die fröhlich badende Menschenmenge und der blaue Himmel des sozialistischen Realismus?« sprach sie von hinten ein Mann an.

Barbara drehte sich um. »Sie sind der Autor?«

Gerhard Lenkers verbeugte sich ironisch. »Sagen sie's ruhig, wenn es ihnen nicht gefällt.«

»Man muss sich erst hineindenken,« gab Barbara zu, »aber es erinnert daran, dass das Leben nicht nur eitel Sonnenschein ist.«

Lenkers sah sie erstaunt an. »Das sagen sie mal den Juroren bei uns zuhause, die mein Bild förmlich zerrissen haben.«

»Und trotzdem sind sie jetzt hier!«

»Unser Verbandsvorsitzender hat sich für mich eingesetzt, wie für andere auch.«

Barbara musterte ihn. Mit seinem langen welligen Haar, das ihm über die Leinenjacke fiel, und den derben Sandalen sah er nicht gerade nach einem der Angepassten aus der Malerzunft aus, und so konnte sie sich der Frage nicht enthalten: »Wollen sie jetzt auch Asyl in der Botschaft suchen, weil sie in der DDR keine Schaffensfreiheit haben?«

Lenkers lachte laut auf: »Zu Studien nach Rom oder Paris würde ich schon liebend gern fahren, aber aus Mecklenburg weggehen? Nie im Leben. Oder glauben sie Niemeyer-Holstein hätte woanders seine Bilder malen können?«

»Aber man stellt sie ja dort nicht aus!«

»Wir haben schon unseren Freundeskreis,« sagte er und ein verschmitztes Lächeln tauchte auf seinem Gesicht auf. »Denken sie an die Impressionisten, von denen wollten die Galerien erst auch nichts wissen.«

Barbara wusste nicht, was sie von ihm halten sollte. War das eine Art Patriotismus oder Hoffnung auf Veränderungen?

Als Dettendorf, pünktlich wie immer, ins Pressecafe kam, erzählte Barbara ihm von ihren widersprüchlichen Eindrücken.

»Die hast nicht nur du,« meinte er, »mein Bekannter sagte, die Tschechen machen sich heimlich lustig über uns und unsere Kleinkariertheit in Sachen Kunst. Und sie verstehen auch nicht, was sich unsere Künstler alles so gefallen lassen.«

Er hatte einen Packen Informationen mitgebracht über Lebenswege und Ausstellungen auch bisher nicht veröffentlichter junger Künstler.

In die Redaktion zurückgekehrt ging es Barbara wie schon so oft. Was würde sie verwenden, um einen realistischen Eindruck von der Ausstellung vermitteln zu können. Sie entschloss sich, neben der Schilderung ihres Rundgangs nur das Gespräch mit dem Maler zu senden.

Als sie ihren Beitrag vorspielte, wetterte Hein Albrecht los: »Das ist doch eine Provokation von den Tschechen, Leute auszustellen, die sich vom sozialistischen Realismus entfernt haben.«

»Warum soll ein Landschaftsbild wie ein Foto aussehen, und warum wirkt es nicht für sich, auch ohne, dass Bauern darauf vorbeimarschieren?« entgegnete Barbara ironisch.

In der Redaktion erhob sich ein Gelächter.

Heinz Albrecht lief im Gesicht rot an und setzte zu einer Erwiderung an, aber Dettendorf schnitt ihm den Versuch ab.

»Hört doch mal genau hin,« warf er verärgert ein. »diese Leute, sensible Künstler, halten es hier im Lande aus, obwohl sie nicht gerade hofiert werden. Ist das nichts?«

Man sah, dass es im Kopf des Sendedirektors arbeitete. Eine solche Betrachtungsweise war ihm offensichtlich noch nicht gekommen, aber möglicherweise konnte man damit auch den Beitrag gegenüber Berlin rechtfertigen.

Mürrisch stimmte er der Sendbarkeit zu.

Seit Tagen war Barbara wieder in der Frühmoderation eingesetzt. Wie immer ging das Zusammenspiel mit der Musikredaktion gut, solange Rico Herkner der verantwortliche Laufplangestalter war. Die von der Redaktion geforderte Analyse der Musikprogrammatik war bislang ausgeblieben und so wiegte sich Herkner in Sicherheit.

In einer Redaktionssitzung allerdings kam es dann zum Krach.

»Du hast zum wiederholten Mal das Verhältnis 40 zu 60 bei den Westtiteln verletzt,« fuhr ihn der Sendedirektor an, »außerdem hast du die Bänder, die dir Walter gegeben hat, einfach im Koffer liegen lassen, statt sie einzusetzen. Und das war eine Anordnung von dem Leiter der Musikredaktion.«

Herkner setzte ein ironisches Lächeln auf, »wenn du meinst, mit Blasmusik und mit getragenen Chansons am frühen Morgen die Hörer aus dem Bett zu holen, dann habt ihr beide euch getäuscht.«

»Und wenn du glaubst, wie ein DJ eine Westplatte nach der anderen auflegen zu können, dann bist du falsch am Platz,« schnaubte Heinz Albrecht.

Der Leiter der Musikredaktion saß schweigend und mit zufriedenem Lächeln an seiner Seite.

Herkner musterte die beiden mit einem verächtlichen Blick und verließ türschlagend die Redaktionssitzung.

»Das hat ein Nachspiel,« rief ihm Albrecht zorngerötet nach.

Der Sendedirektor und sein Stellvertreter waren in den nächsten beiden Tagen zu einer Konferenz nach Berlin berufen worden. In der Vertretungszeit erhielt Barbara als lang gediente Redakteurin das Abzeichnungsrecht.

Sie hatte gerade mit dem Abhören der Bänder für die Sendung begonnen als Herkner in das Zimmer trat. Will er sich jetzt bei mir ausweinen, überlegte Barbara, aber er bat sie, nur seinen Urlaubsschein zu unterschreiben.

Barbara sah auf ihren Kalender. »Du hast doch erst für viel später deinen Urlaub angemeldet.«

Herkner lächelte ein wenig gequält: »Es muss sein. Ich habe schon die Musikkoffer für die ganze Woche vorgepackt.«

Es war nicht üblich, so kurzfristig einen Urlaub zu beantragen, auch wenn es nur um ein paar Tage ging. »Ist es dringlich,« fragte sie deshalb.

»Sehr dringlich.«

Sie wollte nicht mit weiteren Fragen in seine Privatsphäre dringen und unterschrieb den Antrag. Die Beratung der Chefs in Berlin würde ohnehin noch einige Tage dauern.

Zwei Tage später kam ein Anruf über die Direktleitung aus Berlin. »Komm bitte sofort zur Nalepastraße,« sagte Hansen, »die brauchen hier deine Aussage, es geht um Herkner.«

Barbara dachte an die letzte Auseinandersetzung zwischen dem Sendedirektor und dem Musikredakteur, fragte sich aber, wozu man sie brauchte.

Alle Sendedirektoren und ihre Stellvertreter waren bereits vertreten, und Barbara fühlte sich von ihren Blicken gemustert, als sie eintrat. Offensichtlich hatte sich der Grund ihrer Anwesenheit bereits herumgesprochen. Ein drahtiger kleiner Mann kam bei ihrem Erscheinen hinter seinem Schreibtisch hervor und lief, offensichtlich in Erregung, zwischen den beiden breiten Fenstern hin und her.

»Diese Genossin,« sagte er schließlich in scharfem Ton und wies auf sie, »hat in Abwesenheit der Leitung einem Musikredakteur zur Flucht in den Westen verholfen, obwohl sie wusste, dass er seit Längerem schon versucht hatte, mit Westtiteln unseren Musikauftrag zu unterminieren.«

Barbara wusste zuerst nicht, was sie sagen sollte. »Ich habe nur seinen Urlaubsantrag unterschrieben,« empörte sie sich.

»Du hättest die Leitung informieren müssen, wenn er außerplanmäßig frei nimmt,« sagte Steiner. »Oder kam dir das nicht verdächtig vor?«

»Nicht im geringsten, zumal er vorgearbeitet hatte, wie ich mich überzeugen konnte.«

»Man hat ihn geschnappt, als er in die ČSSR wollte,« sagte der Regionalchef, und betonte dabei jedes Wort: »Zum Glück waren unsere Leute wachsam und konnten im richtigen Moment zugreifen.«

Beobachtet hatte man ihn also, bespitzelt, besser gesagt, dachte Barbara und mich vielleicht auch.

»Ist denn überhaupt erwiesen, dass er über die ČSSR in den Westen wollte?« fragte Hansen. »Wenn er es gewollt hätte, wäre er auch ohne Urlaubsschein und Genossin Redmanns Zutun weiter zum Grenzübertritt nach Österreich gefahren.«

Der Regionalchef warf Hansen einen vernichtenden Blick zu: »Willst du ihn vielleicht noch verteidigen? Die Genossin Redmann hätte wachsamer sein müssen.« Und als Hansen sich nochmals zu Wort melden wollte, fuhr er ihn scharf an: »Spielen wir das nicht herunter!«

Er wandte sich wieder direkt an Barbara und stellte in inquisitorischem Ton die Frage: »Und mit seinem verwestlichten Musikprogramm warst du ja wohl auch immer einverstanden?«

»Dass er die Beschränkungen auf 60 zu 40 nicht einhielt, war nicht korrekt, weil das Lizenzgebühren kostete,« gab Barbara zur Antwort, »aber die ganze Ideologie, die Musik in Gut und Böse einteilt, passt nicht mehr in unsere Zeit. Außerdem finde ich es noch als einen guten Zug von Herkner, dass er uns für die nächsten Tage nicht auf dem Trockenen sitzenließ und für das Musikprogramm vorgesorgt hat.«

Barbara sah, wie Hansen vergeblich versuchte ihr Zeichen zu geben, sie möge aufhören und wie Heinz Albrecht rot anlief.

Egal, dachte Barbara, das musste mal heraus. Sie verband die leise Hoffnung damit, dass einige ihr zustimmen würden, aber sie hatte sich getäuscht.

Zufrieden mit diesem fehlenden Echo setzte sich der Regionalchef wieder hinter seinen Schreibtisch, lehnte sich im Bewusstsein seiner

Macht zurück und sagte nur mit ironischem Unterton: »Danke, das wollte ich nur wissen.« Damit war Barbara verabschiedet.

Sie ging in die Kantine, mit sich im Unreinen, ob sie sich taktisch hätte klüger verhalten müssen, aber sie spürte auf der anderen Seite eine gewisse Erleichterung darüber, dass sie ihrem Herzen Luft gemacht hatte.

Die Beratung war mittlerweile zu Ende gegangen und vereinzelt kamen die Sendedirektoren in den Speisesaal. Gregor Hansen steuerte sogleich auf ihren Tisch zu. »Was ist nur in dich gefahren, auch noch zu sagen, dass der Urlaubsantrag ein guter Zug von Herkner war. Hattest wohl ´ne Art Trotzreaktion?«

Barbara zuckte mit den Schultern. Zu diesen an den Haaren herbeigezogenen Verdächtigungen hatte sie sich nicht anders zu wehren gewusst.

»Steiner wird dir das so leicht nicht vergessen, er ist nachtragend und wird dir bei passender Gelegenheit das zu spüren geben. Die Unterstellung, du hättest Herkner den Weg in den Westen geebnet ging sogar Albrecht zu weit, aber was die Musik betrifft, da allerdings waren sich alle einig.«

»Also weiter mit den Oldies ohne modernen Sound?«

»Es sieht ganz so aus.«

Barbara schüttelte deprimiert den Kopf. »Die alte Herrenriege wird sich wohl auch nicht mehr ändern. Manchmal macht es keinen Spaß mehr.«

»Dann lass dich jetzt mal aufheitern. Ich verschlepp dich in die Berliner Szene, denn so etwas gibt es hier noch.«

Barbara stimmte gerne zu.

In der Oranienburger Straße blieb Hansen vor einem etwas abgewirtschaftet aussehenden Haus stehen, dessen Holztür die Überschrift trug »Mutter Schulze«. Hansen musste lachen, als er Barbaras entgeistertes Gesicht sah.

»Abwarten und Tee trinken,« meinte er nur und schob sie in das Haus hinein.

Zigarettenqualm und der warme Dunst nach Essen und verschiedenen Gewürzen schlug Barbara entgegen. Der lang gestreckte Gastraum verlief sich im Dunkeln, nur an der Theke waren noch zwei Plätze frei. Die rundliche Wirtin stellte ihnen ohne zu fragen zwei Pilsner auf die blankgeriebene Brüstung und fragte: »Anschreiben oder bar zahlen.« »Bar zahlen natürlich,« sagte Hansen und bestellte zwei Portionen Bratkartoffeln mit Brathering.

Barbara musterte die schwarze Tafel, die direkt hinter der Wirtin hing und von der offensichtlich viele schon Gebrauch gemacht hatten. 4 Pils, drei Kurze, Bockwurst mit Salat und fast die halbe Speisekarte war darauf angeschrieben. Irgendwo im Hintergrund des Lokals klimperte einer auf dem Klavier, ein zweiter griff zur Geige und ein schmalzig schönes Kaffeehauslied erfüllte den Raum.

»Da staunen sie, was, Herzogin?« fragte ein Mann neben ihr. Er trug einen grob gestrickten Pullover, in den sein langer schwarzer Bart fast zu verwachsen schien.

Hansen, der Barbaras abweisenden Blick gesehen hatte, sagte: »Mach dir nichts draus, so tituliert der alle, die gleich bar bezahlen können.«

»Du hast es erfasst, Gregor,« konterte der Pullovermann.

»Ihr kennt Euch?« fragte Barbara konsterniert. »In meiner Filmzeit hat er manchmal bei uns synchronisiert.«

Inzwischen füllte sich der Gastraum. Instrumente wurden von Männern mit verwegenen bunten Schals an der Garderobe abgestellt und italienische und russische Sprachbrocken ließen sich in dem zunehmenden Stimmengewirr vernehmen.

»Hier kommen die Artisten und Musiker vom Friedrichstadtpalast her, wenn sie Pause haben,« erklärte Hansen, »in meiner Berliner Zeit war ich sehr gerne hier.«

»Aber immer allein,« mischte sich der Pullovermann ein. »Wie hat er es geschafft, sie hierher abzuschleppen?« Hansen griente nur anstelle der Antwort, die von Barbara erwartet wurde. »Sie hatte Tapetenwechsel nötig.«

Barbara nickte, mal in eine ganz andere Welt eintauchen, die ganze kleinkarierte Provinz vergessen! Sie genoss es die laut geführten

Dialoge über Inszenierungen und Musikinterpretationen mitzuhören und ab und zu sich mit Hansen darüber auszutauschen. Als es Zeit war aufzubrechen, hielt sie der Pullovermann auf. Er hatte schon eine ganze Weile auf einer Serviette herumgekritzelt und hielt ihr nun das Produkt hin. »Hier Herzogin, als Andenken.« Barbara betrachtete belustigt ihr Porträt; sie hatte eine kleine Krone auf und trug ein Zepter in der Hand.

»An Ihnen ist ein Karikaturist verloren gegangen,« sagte Barbara.

»Sie haben da nicht nur ins Schwarze getroffen, sondern auch in mein Herz,« entgegnete der Pullovermann und drückte ihr einen herzhaften Kuss auf die Wange.

»Er ist nämlich schon gut bestallter Zeichner und zwar beim Mosaik,« ergänzte Hansen.

Auf dem Weg zur Bahn gingen sie über die Weidendammbrücke. Die Lichter der Stadt spiegelten sich in der Spree. Barbara beugte sich über das Geländer.

»Hier habe ich nachts schon einmal gestanden. Wir waren zu viert, zwei junge Tschechen, meine Sportfreundin und ich. Kennen gelernt haben wir die Jungen aus Ostrava auf dem Alexanderplatz, als sie uns zum Reigentanz in die Mitte holten. Laurentia hieß wohl diese nicht enden wollende Kniebeugeübung mit Musik. Wir sind dann zusammen durch die Stadt gebummelt. Kubaner haben mit uns Guantanamera gesungen, mit Franzosen haben wir die Adressen getauscht, es war eine wundervolle Nacht, so wie auch alle anderen Tage zu den Weltfestspielen.«

Unvermittelt legte Hansen die Arme um Barbara und in einer Aufwallung von Schutzbedürfnis und Zuneigung schmiegte sie sich an ihn und erwiderte auch seinen Kuss.

»Und was machen wir beide daraus?« fragte Hansen und grinste sie fröhlich an.

»Wir lassen alles auf uns zukommen,« gab Barbara zurück und sie glaubte in diesem Moment daran, dass es wirklich, wenn auch nur für kurze Zeit die Leichtigkeit des Seins gab, die von Dichtern beschrieben wurde.

Sie ging in den nächsten Tagen wieder mit Freude zu Arbeit. Wenn sie sich auf den Fluren trafen, zwinkerten sie sich verschwörerisch zu, aber es ging sonst alles seinen gewohnten Gang. Es schien auch niemand zu bemerken, dass sich in dem Verhalten der beiden etwas geändert hatte, zumal äußere Ereignisse die Diskussionen in der Redaktion bestimmten.

In der Redaktion lebte man nur von Nachrichten, die einen Bruchteil der Ereignisse wiedergeben durften. Die einen freute es, die anderen bedauerten es, dass Demonstrationen wie in Leipzig und anderen Städten im Süden hier noch keine Resonanz fanden. Mecklenburg schien den alten Spruch zu rechtfertigen dass es in allem 200 Jahre zurück war, monierte Dettendorf während Heinz Albrecht sich vergebens mühte, die sozialistische Fahne hochzuhalten.

Als Barbara an einem Morgen vom Frühdienst nachhause ging, standen vor dem Theater Schauspieler, die an die Vorübergehenden Zettel verteilten, mit dem Aufruf zur Großdemo auf dem Alexanderplatz.

Barbara war sich nicht sicher, was davon zu erwarten war. Sie schaltete am Sonntagmorgen dennoch beizeiten den Fernseher ein. Unter einem strahlend blauen Himmel zogen die Menschen in Scharen in Richtung Alexanderplatz.

Es waren Tausende. Die selbst gemalten Spruchbänder und Transparente ließen Barbara mitunter auflachen, so beißend war der Spott, den sie hier zu Tage trugen.

Es hatten sich gerade die ersten Redner angekündigt, als es klopfte. Die Nachbarin stand an der Tür. »Was wird denn nun werden,« fragte sie angstvoll. »Werden die Russen wieder dazwischen gehen wie damals am 17. Juni?«

Barbara schüttelte den Kopf. »Kommen sie doch erst mal herein und schauen sie sich das an, da sind doch überall Ordner mit den Schärpen ‚Keine Gewalt' und es sind ja Künstler und Schriftsteller, die das organisiert haben. Die Russen haben übrigens ihre eigenen Probleme und die werden sich hüten, hier einzugreifen.« Sie versuchte, das mit dem Ausdruck vollster Überzeugung zu sagen, war sich im Grunde ihres Herzens aber bis zuletzt nicht ganz sicher, ob alles friedlich verlaufen würde.

Auf einem LKW als Rednertribüne hatten sich die bekanntesten Schauspieler und Schriftsteller versammelt Aus vielen sprach die blanke Wut, darüber, dass sie in ihrer Schaffensfreiheit gehindert worden waren, dass Manuskripte in den Schubladen der Verlage liegen geblieben und neue sowjetische Dramatik verboten wurde.

Barbara hatte dieses Ausmaß an Repressalien nicht vermutet und sie erschrak über ihre eigene Unwissenheit. Sie empfand jetzt das Pfeifkonzert, das Funktionäre des Schriftstellerverbandes empfing, als nur zu berechtigt, aber sie hatte ihre Zweifel, ob diese öffentliche Abrechnung die an diesem 4. November hier gehalten wurde, etwas an den Verhältnissen würde ändern können.

Sie spürte auch an den Reaktionen ihrer Nachbarin, dass ihr vieles fremd blieb.

»Die Christa Wolf hat doch so viele Bücher veröffentlicht,« sagte sie, »was hat sie dann an der Partei auszusetzen?«

»Sie wissen ja nicht, welchen Kampf es sie vielleicht gekostet hat,« versuchte Barbara zu erklären. »Manches nimmt man über die Jahre hin, im guten Glauben es wäre rechtens, aber einmal ist damit eben Schluss. Das ist wie ein Fass, das der letzte Tropfen zum Überlaufen bringt.«

»Da können sie Recht haben,« stimmte die Nachbarin zu, »ich habe auch immer darauf gewartet, zu meiner Schwester zum 60. in den Schwarzwald fahren zu können, aber wir sind eben friedliche Leute und gehen deshalb nicht auf die Straße.«

Als die Pfiffe und der Beifall langsam verklangen, leerte sich der Alexanderplatz in unerwarteter Schnelligkeit.

»Na Gott sei Dank ist nichts passiert,« meinte die Nachbarin und erhob sich, um wieder in ihre Wohnung zu gehen. »Mein Mann wird mir das nicht glauben, wenn er vom Skat nachhause kommt.«

Der Demonstration in Berlin folgten im ganzen Land weitere, von den Künstlerverbänden initiierte Treffen.

Es war einer der ersten trüben und nasskalten Novembertage an dem auch Barbara und Dettendorf zur ersten Kundgebung in ihrer Stadt im

Ü-Wagen zum Schlossplatz fuhren.

Die Laternen vor dem Theater tanzten im Wind, der vom See hertrieb, und warfen nur ein blasses Licht über den Platz.

Die Techniker waren gerade fertig mit dem Verlegen der Leitungen, als die ersten Demonstranten kamen. Sie hatten weiße Tücher mit Losungen erhoben und zogen von zwei Seiten auf den Platz, Barbara fröstelte. Der stumme Zug der Hunderten von Menschen hatte für sie etwas Gespenstisches. Erst als die Massen auf dem Platz angekommen waren, brach das Schweigen.

Der erste Redner auf dem provisorisch als Rednertribüne hergestellten LKW war der Sekretär des Schriftstellerverbandes. Was er sagte, klang eingelernt, und schon nach den ersten Sätzen erklangen Buhrufe.

»Du warst doch dabei, als man die Lesung der Reimann verboten hatte,« klangen Rufe aus dem Kreis der Versammelten heraus, »und die kritischen sowjetischen Filme haben wir dank Deiner Einmischung auch nicht zu sehen bekommen.« Gellende Pfiffe unterbrachen seine Erwiderungen und er musste dem Intendanten des Theaters Platz machen, der die Maulkorbpolitik in der Kunst brandmarkte. Bittere Vorwürfe wurden auch von den nächsten Rednern laut. Die Stimmung heizte sich auf, und mit Rufen wie, »Stasi in die Produktion«, war es auch den nachfolgenden Rednern kaum noch möglich, sich zu äußern.

Erst als ein kleiner dunkelhaariger Mann das Podium betrat und mit Doktor David Freitag angekündigt wurde, legten sich die Wellen der Erregung.

Barbara horchte auf. David Freitag, das konnte womöglich der Mann der Australierin sein.

»Als Arzt weiß ich, dass dort, wo sich Fäulnis gebildet hat, nur ein Schnitt helfen kann, den Patienten, sprich unser Land, am Leben zu erhalten,« sagte er zur Einleitung, »und die Zeit um konsequent mit allem aufzuräumen, mit dem Funktionärsklüngel, mit dem System der Bespitzelung ist jetzt. Wir könnten aus der DDR etwas machen, was anderen Staaten zum Vorbild dient, mit der Friedensliebe der Bürger, mit der Solidarität untereinander, der Gleichberechtigung der Frauen und der Fürsorge für die Erziehung der Kinder.«

Aus der Bilanz seines Lebens zog er unter dem Beifall der Versammelten die Schlussfolgerung sich nie wieder einem System unterzuordnen, das die Freiheitseinschränkung zum Prinzip erhoben habe.

Als Barbara am Cuttertisch saß und die Redeausschnitte auswählte, gingen ihr die Eindrücke wirr durcheinander. Was sollte jetzt folgen? Sie war sich über ihre eigenen Schlussfolgerungen so sehr im Unklaren wie nie zuvor.

Da Hansen Spätdienst hatte, brachte Barbara ihren Bericht zu ihm.

»Wie lief es?« fragte er.

»Die Leute erschienen mir so fremd, als ob es nicht mehr dieselben wären, denen man sonst tagtäglich begegnet ist,« suchte Barbara nach einer passenden Antwort.

Sie beobachtete seine Miene, während er ihr Band abhörte.

»Du hast das ganz gut zusammengefasst, und hast dich auf die Fakten beschränkt,« sagte Hansen. »Mehr ist da nicht drin zum gegenwärtigen Zeitpunkt jedenfalls,« ergänzte er und gab ihr noch ein paar Hinweise zur Verdichtung des Berichts.

Es war schon spät, als schließlich das Band zur Sendung bereitlag.

»Ich fahr dich nachhause,« bot er ihr an.

»Du kannst noch auf eine Tasse Tee zu mir kommen,« lud Barbara ihn ein, als er sich an der Haustür verabschieden wollte. Sie hatte das Bedürfnis sich mit einem anderen über die Geschehnisse auszutauschen und sie wusste, dass Hansen ihr zuhören würde.

Sie führte ihn in das Wohnzimmer, und während sie den Tee kochte, schaute er sich unbefangen um.

»Du hast es gemütlich hier,« sagte Hansen, »alles in hellem Holz, wie im schwedischen Stil.«

»Hast du denn schon mal so was zum Vergleich gesehen?«

»Ich war in Schweden, als wir einen Dokumentarfilm drehten.«

»Und da bist du später zum Rundfunk gekommen? War das beim Film nicht reizvoller?«

»Sicher,« bestätigte er und zögerte, ob er weitererzählen sollte, aber dann fuhr er doch fort. »Es gab Konflikte, meine Chefin war zugleich auch meine Frau, und da wir beide Beruf und Privatleben nicht trennen konnten, ging unsere Ehe daran kaputt. Sie blieb und ich ging.«

Barbara dachte, an die eigene Trennung von ihrem Mann, die sie damals viel Kraft gekostet hatte, aber als sie sich gerade entschloss auch von den Problemen ihrer Ehe zu erzählen, unterbrach ein Klopfen an der Tür ihren Gedankengang.

Die Nachbarn standen, sichtlich aufgeregt in der Tür.

»Haben sie schon gehört, was passiert ist?« fragte Lehmann.

Barbara schüttelte den Kopf und bat sie erst einmal herein.

»Also als ich heute Abend gerade in den Keller gehen wollte,« begann Lehmann umständlich, »da rief mich meine Frau, ich sollte doch zum Fernseher kommen, einer von ganz da oben würde eine Pressekonferenz abhalten. Ich schaue hin und glaube ich höre nicht richtig, da sagt der doch, dass jetzt ab sofort jeder nach dem Westen fahren kann.«

»Was?« sagten Hansen und Barbara wie aus einem Munde.

»Schalten sie mal den Fernseher an, dann werden sie es sehen.«

Die Bilder waren so unglaublich, dass Barbara fast an ihrem Wahrheitswert zweifelte. Aber es war nicht zu leugnen, in Scharen zogen die Berliner zu den Grenzübergangsstellen, ohne von den Grenzposten angehalten zu werden, und auf der Mauer tanzten übermütige junge Männer und winkten den Westberlinern zu.

»Wir haben extra auf sie gewartet,« sagte nun auch Frau Lehmann, »denn sie wissen beim Rundfunk ja mehr als wir. Was ist denn nun, wenn die Mauer offen ist, geh'n jetzt wieder die Ärzte rüber wie damals und die Ingenieure und die Betriebe gehen daran kaputt?«

Hansen zuckte mit den Schultern.

»Wir wissen es nicht,« entgegnete Barbara, »aber wir hoffen, dass sich doch alles noch zum Guten wendet.«

»Geb's Gott,« sagten die Lehmanns wie aus einem Mund, als sie sich verabschiedeten.

Hansen und Barbara sahen sich danach fassungslos an.

»Das war doch ein Bubenstreich,« warf Hansen ein, »ob der Medeler dazu berechtigt war?«

»Ich weiß bald gar nichts mehr,« sagte Barbara, »wir fahren wie auf einem führerlosen Schiff und wohin, das weiß der Wind.«

Hansen nahm sie zum Abschied in die Arme. Sie hielten sich in ihrer Ratlosigkeit aneinander fest, als könnten sie sich damit Kraft geben, aber die Verstörung war zu groß, als dass sie noch zu weiteren Erörterungen fähig gewesen wären.

Auch in Redaktion und Technik schlugen die Ereignisse vom Abend zuvor Wellen.

Dettendorf warnte vor allzu viel Optimismus: »Was uns das bringt, ist noch nicht so genau heraus.«

»Nun könnte ja Herkner wieder seine chaotischen Musikvorstellungen einbringen, wenn er nicht das Weite gesucht hätte,« spöttelte der Leiter der Musikredaktion hämisch. »Aber vielleicht setzt das nun unsere geschätzte Kollegin Barbara fort, sie hatte ja sowieso ein Faible für Herkner.« Barbara setzte empört zu einer Erwiderung an, aber der Tumult, der daraufhin losbrach, enthob sie einer Stellungnahme. Er hatte damit in ein Wespennest gestochen. Hätschelkind des Chefs, Anbeter der Musikideologen im ZK war das Geringste, was man ihm an den Kopf warf.

Der Leiter der Musikredaktion sah sich nach Unterstützung um, als die aber ausblieb, verließ er mit hochrotem Kopf das Sitzungszimmer und schlug die Tür mit einem harten Knall zu.

Albrecht schwieg vorsichtshalber und gab auch zu den anstürmenden Fragen, wie es weitergehen solle mit dem Programm, nur vage Antworten.

Die Ereignisse der nächsten Tage und Wochen überschlugen sich so, dass selbst der Nachrichtenredakteur Mühe hatte, sie in den Informationen zusammen zufassen: Honecker gestürzt, Krenz abgelöst.

Nicht dass Barbara ihnen eine Träne nachweinte, aber die Schnelligkeit, in der sich alles vollzog, ließ sie nicht zum Nachdenken kommen. Ein Anruf von Sven riss sie aus dieser Stimmung.

»Ich bin jetzt beim Neuen Forum,« berichtete er, »und gestern sind Tausende unserem Aufruf gefolgt, eine Menschenkette von Saßnitz bis nach Karl Marx Stadt zu bilden.« »Dass ihr das geschafft habt,« entgegnete Barbara ungläubig.

»Und das ist noch nicht alles,« ergänzte Sven, »jetzt bereiten wir zusammen mit anderen Vereinigungen am Runden Tisch Vorschläge für eine neue Verfassung vor.« Er fügte gleich hinzu, »und darum sei nicht böse, wenn ich Weihnachten nicht komme, wir haben alle Hände voll zu tun.«

Auch Mareen hatte ihr Kommen abgesagt, da sie die neue Aufgabe in der Redaktion voll in Anspruch nahm.

Barbara war es ganz recht, dass sie mit ihren Gedanken eine Zeit alleine sein konnte. Sie hatte auch überlegt, ob sie nicht Gregor Hansen einladen sollte, aber eine gewisse Scheu, ihre Beziehungen zu einer noch engeren Bindung werden zu lassen, hielt sie davon ab.

Es gab noch eine Erschütterung gleich zu Beginn des neuen Jahres. In den Betrieben und auch im Sender lösten sich die Parteiorganisationen der SED auf.

Barbara spürte den Zwiespalt, der sie hin und her riss. Immerhin hatte sie viele Jahre zu dieser Gemeinschaft gehört und die Vorstellungen für eine Welt in Gerechtigkeit und Frieden zu arbeiten, waren ihr Lebensinhalt und Ziel zugleich gewesen.

Als die Hauptzeit der Sendevorbereitungen vorbei war, ging sie zu Hansen. »Wir haben da was zu Grabe getragen, was uns von Jugend an motiviert hat. War alles umsonst?«

Hansen schüttelte den Kopf. »Es fällt auch mir nicht leicht, mich zurechtzufinden,« sagte er nachdenklich »aber, wenn sich der erste Pulverdampf verzogen hat, wird man klarer sehen,« klang er überzeugt. »Das ist immer so in Umbruchzeiten.«

»Aber das kann lange dauern,« erwiderte Barbara seufzend.

»Machen wir das Beste daraus, es geht nicht anders!« Hansen sah sie an. »Versprochen?«

»Versprochen!«

Er hatte zurecht darauf gesetzt, dass Barbara sich nicht in Grübeleien verlieren würde, es entsprach nicht ihrem Charakter, sich treibenzulassen.

Als er in der nächsten Planungsrunde vorschlug, von den neugegründeten Runden Tischen zu berichten war sie die Erste, die sich für diese Aufgabe bereiterklärte.

Heinz Albrecht verzog missmutig sein Gesicht, als er zustimmte, fügte aber noch hinzu, »lass dich dort nicht rausschmeißen, denn wir sind in deren Augen doch alle nur Erfüllungsgehilfen von Partei und Regierung.«

Etwa 20 Leute zählte Barbara, als sie den Beratungsraum betrat, die sich an einem wahrhaftig runden Tisch, versammelt hatten. An der Spitze des Tisches ein Geistlicher. Viele der Gesichter waren ihr fremd, aber eines glaubte sie wiederzuerkennen, das des David Freitag der auch auf der Kundgebung gesprochen hatte.

Sie war gerade dabei sich Notizen zu machen, als der Vorsitzende unvermittelt das Wort an sie richtete.

»Wir wüssten gerne, wes Geistes Kind sie und ihre Redakteure sind,« sagte er.

»Können sie für die Loyalität ihres Sendeteams einstehen, wenn sie über uns berichten?«

»Es ist für uns nicht leicht,« begann Barbara, von dieser direkten Anfrage überrascht. »Wir haben immer geglaubt, nach bestem Gewissen für die Leute zu berichten, darüber, wie sie leben und wie sie arbeiten. Und dann gab es noch diesen Merksatz, den jeder Journalist kannte, man solle am positiven Beispiel andere motivieren. Als aber der Ärger in den Betrieben und im Land immer offenkundiger wurde, weil es an allen Ecken und Enden mangelte, da war unsere Berichterstattung stark eingeschränkt, um das freundlich auszudrücken, also übertrug sich der Ärger auch auf uns.«

»Sie trauern also dem bisherigen Regime nach?« fragte der Vorsitzende mit Schärfe in der Stimme.

»Uns hat der Stillstand im Land sicher ebenso bedrückt wie sie, aber jetzt festzustellen, dass viele von denen, die vorher jubelnd an den Maitribünen vorbeigezogen sind, heute ganz andere Fahnen schwenken, das ist uns neu und befremdet.«

»Das ist noch keine Antwort auf meine Frage nach Loyalität,« brauste der Vorsitzende auf.

Barbara überlegte, was sie noch sagen sollte, da meldete sich David Freitag zu Wort.

»Wenn alle so sind wie Frau Redmann, dann können wir auf die Loyalität des Senders bauen,« sagte er und berichtete den Versammelten von der Hilfe, die seiner Frau gegeben wurde. Er fügte noch hinzu, »und das geschah in eigener Verantwortung mit dem Risiko, sich damit in die Nesseln zu setzen.«

Als Freitag beantragte, den Rundfunkleuten das Vertrauen auszusprechen, stimmte die Mehrzahl der Versammelten zu.

Erleichtert verließ Barbara die Versammlung. Sie hatte damit zwar keinen Beitrag für das Sendeprogramm, dafür aber die Bestätigung, dass der Status des Senders anerkannt wurde.

Im Sender informierte sie Albrecht und Hansen über die Befragung.

»Haben die auch schon was zu sagen?« war die Reaktion Albrechts darauf.

»Wenn sich Rundfunkräte bilden, die über Programm und Personen eine Art Kontrollfunktion ausüben werden, dann schon,« gab Hansen zur Antwort.

»Das heißt, wir müssen eine Programmkonzeption haben,« fügte Barbara an, »und das auch ohne Berlin zu fragen.«

Albrecht hob abwehrend beide Hände hoch, aber auch Hansen bekräftigte Barbaras Forderung.

In den meisten Redaktionskonferenzen wurden die bisherigen Sendedirektoren in Betriebsversammlungen ihres Postens enthoben. Sie hatten bislang mit mehr oder weniger Druck die Parteivorgaben durchgesetzt und niemand billigte ihnen zu, den neuen Verhältnissen gerecht werden zu können.

Hansen berief auf mehrheitlichen Wunsch von Technik und Redaktion ebenfalls eine Vollversammlung ein.

Heinz Albrecht saß mit finsterer Miene in der hintersten Reihe im Versammlungsraum und musste zur Kenntnis nehmen, dass ihm das Vertrauen verweigert wurde.

Als amtierender Chef aber wurde nicht Hansen eingesetzt, sondern mit voller Stimmenmehrheit Nachrichtenredakteur Dettendorf.

»Er hatte sich in seinem Metier ja auch nicht mit politischen Kommentaren und mit Planungen herumzuschlagen,« sagte Gregor Hansen später ein wenig bitter im Gespräch mit Barbara.

»Neu zu beginnen, heißt zurzeit für die meisten wohl auch, alles in Bausch und Bogen abzulehnen, was bisher war,« konsternierte Barbara traurig.

Hansen nickte. »Hast Du übrigens mitbekommen, wie sich die Demonstrationen in Leipzig gewandelt haben? Die gute Losung ‚Wir sind das Volk!' haben ein paar Schreihälse eingetauscht in die Losung, ‚Wir sind ein Volk!' Aber so weit sind wir noch lange nicht!«

»Aber viele werden darauf hereinfallen, ohne weiter nachzudenken, wie das gehen soll,« sagte Barbara.

Das Ergebnis der Wahlen zur neuen Volkskammer gab ihr später Recht.

Vor den Wahlen hatten sich ohnehin schon die Regale der Kaufhallen mit bunten in Glanzfolie eingehüllten Waren aus westlichen Lagern gefüllt und die wenig attraktiven Jogurtbecher aus DDR Produktion waren verschwunden.

So machen wir uns selber kaputt, dachte Barbara, auch wenn sie selbst nicht immer den neuen Verlockungen widerstehen konnte.

Die erste Redaktionssitzung mit Dettendorf begann mit einer kleinen Überraschung. Statt auf dem Chefsessel zu thronen wie Heinz Albrecht, hatte er seinen Stuhl an die Spitze des Beratungstisches geschoben. »Sieht demokratischer aus,« frozzelte der Sportredakteur als Dettendorf es nicht hören konnte. Der Exstudioleiter war nicht erschienen. Er hatte sich krankgemeldet, und es wäre ihm sicher auch schwer gefallen, als Gleicher unter Gleichen am Tisch zu sitzen.

»Als Erstes möchte ich Euch bitten, Vorschläge zu machen, wie die Arbeitsgruppe für die neue Struktur unseres Programms aussehen soll,« sagte Dettendorf nach der Begrüßung.

»Von der Technik schlage ich Heike Sommerfeld vor,« sagte der amtierende Ingenieur. »Sie hatte immer schon gute Ideen, wenn es um die Verbesserung des Programms ging.«

»Barbara Redmann würde da auch allerhand einbringen können,« schlug der Sportredakteur unter allgemeiner Zustimmung vor.

»Und ich möchte Euch bitten, Gregor Hansen für die Leitung der Arbeitsgruppe zu bestätigen,« sagte Dettendorf, »Er hat sich auch schon unter Heinz Albrecht für Veränderungen im Programm bemüht, auch wenn er bei ihm nicht so richtig zum Zuge kam und ihr ihm vielleicht deshalb Eure Zustimmung für die Leitung des Studios verwehrt habt.« In das verlegene Schweigen fragte Dettendorf noch einmal nachdrücklich: »Also wie sieht es aus?«

Bis auf den Musikredakteur hoben sich alle Hände für die Zustimmung.

Barbara war froh über diesen Entscheid. Sie hatte sich offensichtlich in Dettendorf nicht getäuscht, er blieb der sachliche, nüchtern abwägende Mann, auch wenn er sich jetzt in einer ganz anderen Position befand. Als sie nach der Sitzung den Raum verlassen wollte, rief Dettendorf sie zurück.

»Die ARD hält in Berlin eine Beratung ab, zu der auch leitende Journalisten aus der DDR eingeladen sind. Ich möchte dich dorthin schicken, denn ich selbst habe erst mal hier zutun, um mir den nötigen Überblick zu verschaffen. Bist du einverstanden?«

Barbara nickte freudig überrascht, sie war auf alles neugierig, was die veränderte Situation in den Sendern betreffen würde.

Der große Saal in der Masurenallee war schon gut gefüllt, als Barbara ihn betrat. Sie schaute sich um, konnte aber keine Bekannten aus den anderen Sendern entdecken. Neben ihr hatte ein Mann Platz genommen, dessen Schreibmappe den Eindruck SFB trug.

Einer von den Feindsendern, so hätten wir früher dazu gesagt, dachte Barbara belustigt, wobei sie sich an die Attacken aus dem Staatlichen Komitee für Rundfunk erinnerte. Und heute sitzen wir so selbstverständlich nebeneinander, ist schon komisch.

In der Aussprache nach dem einleitenden Referat des ARD Direktor allerdings war zu spüren, dass dieses Nebeneinander für die meisten durchaus noch nicht selbstverständlich war. Es gab bittere Anwürfe gegen die Medienpolitik der DDR, die den Korrespondenten der ARD, die Berichterstattung schwierig gemacht hatte; dass aber anschließend Bürgerrechtler aus der DDR alle Journalisten aus dem eigenen Land als willige Hofhalter der SED in Bausch und Bogen zu verurteilen suchten, empörte Barbara. Sie hätte sich am liebsten zu Wort gemeldet, wenn eine Frau aus dem Präsidium nicht mit Entschlossenheit zum Rednerpult geschritten wäre und in den aufkommenden Tumult der Stimmen mit Gelassenheit um Ruhe gebeten hätte.

»Das ist die Susanne-Borchert,« flüsterte der SFB-Mann Barbara zu, die er offensichtlich als Neuling aus dem Osten erkannt hatte und er setzte noch hinzu, »eine verdienstvolle Frau.«

»Ich möchte wissen, wie jeder Einzelne von Ihnen, der jetzt den Stab über unsere Journalistenkollegen aus der DDR brechen möchte, selbst gehandelt hätte unter den Bedingungen von Pressezensur und Bedrohung durch die Staatssicherheit,« sagte sie mit lauter und deutlicher Stimme. »Die Spreu wird sich bald vom Weizen scheiden, aber nicht wieder durch erneute Bedrohung oder Verfolgung, sondern in einem demokratischen Prozess.«

Barbara stimmt in den Beifall ein, der sich nach der Rede der Alterspräsidentin erhob.

Als die Beratung zu Ende war, stürzten sich die Journalisten der Westsender auf die wenigen Ostdelegierten. Barbara wollte gerade versuchen durch eine der Türen in den Vorraum zu entwischen, als sie jemand am Ärmel festhielt.

Sie schaute sich ungehalten um und blickte in das Gesicht ihrer Tochter. Mareen strahlte sie an: »Ich bin weg aus der französischen Redaktion und arbeite jetzt beim Jugendsender.«

Barbara umarmte die Tochter: »Läuft alles gut bei dir?«

»Wenn Du nächste Woche Montag den Fernseher anschaltest, kannst Du mich mit meiner ersten Reportage sehen.«

»Und sonst?«

»Alles ok, Mama, ich wohne mit einer prima Kollegin zusammen, jeder hat ein eigenes Zimmer, und wenn wir Lust haben unternehmen wir etwas gemeinsam.«

Barbara seufzte erleichtert auf. Das war die gute Seite. Manchmal schwer zu ertragen war für sie, dass wenig Zeit für das Familienleben blieb, seitdem jeder mit vollem Einsatz seiner Beschäftigung nachging.

»Hast Du noch Zeit für eine Tasse Kaffee?« fragte sie deshalb ihre Tochter.

Mareen schüttelte den Kopf. »Ich bin mit unserer Fahrgemeinschaft hier, die warten bestimmt schon auf mich.«

»Na, was nicht geht, geht eben nicht,« sagte Barbara bedauernd und gab Mareen noch einen Stups auf die Wange. »Halt dich tapfer.«

Barbara kreuzte zuhause Sendetag und Zeit an, um den ersten öffentlichen Auftritt ihrer Tochter nicht zu verpassen. Zuvor rief sie noch Sven an, um ihm davon mitzuteilen.

»Was denn, unsere kleine Mareen live im Fernsehen?«

»Hast Du ihr nicht zugetraut, was?«

Sie kannte Svens ein wenig herablassende Art seiner Schwester gegenüber und auch seine Studienrichtung, die Physik empfand er als höhere Instanz gegenüber der Germanistik, die Mareen eingeschlagen hatte.

»Schön, dass sie das geschafft hat,« sagte Sven deshalb nur.

Am Tag der Sendung mit Mareen hatte Barbara lange im Funkhaus zu tun. Um nichts zu versäumen, ging sie nach Arbeitsschluss deshalb in den Klubraum und schaltete den Fernseher an. Mareen erschien ihr älter und gereifter, als sie Mitglieder einer alternativen Theatergruppe interviewte. Einmal musste Barbara laut auflachen, als bei einer provokativen Nachfrage des Regisseurs, ob sie mit ihrer DDR Ausbildung überhaupt wisse, was alternative Theatergruppen seien, Mareen unüberlegt herausplatzte: »Na sie müssen uns doch alle für blöd halten.« So sehr Barbara das für den Augenblick belustigte und offensichtlich die übrigen Aktiven der Theatergruppe auch, so nahm sie sich doch vor, ihre Tochter drauf hinzuweisen, dass Kommentare dieser Art in der Moderation nichts zu suchen hätten.

Neugierig gemacht durch die Stimmen im Fernsehen und Barbaras Lachen kam Hansen zur Tür herein.

»Meine Tochter in ihrer ersten Sendung,« deutete Barbara auf den Fernseher.

»Ein hübsches Kind,« bemerkte Hansen und setzte sich neben Barbara.

»Hast Du auch Kinder?«

»Leider nicht, meine Frau wählte lieber die Karriere. Ich konnte es ihr nicht verdenken.«

»Karriere stand nicht auf meinem Wunschzettel,« hakte Barbara ein, »ich wollte einen guten Beruf und Kinder, auch wenn beides manchmal schwer fiel, solange die Kinder noch klein waren.«

»Du bist eben ein anderer Kerl,« sagte Hansen.

»Das meinten andere auch, wenn sie mich mit Arbeit vollgeladen haben, nur weil sie meinten, ich packe es eben. Was mich das an Nerven gekostet hat, auch mal ‚Nein' zu sagen, kannst du dir nicht vorstellen.«

»Ich fürchte, Du hältst mich auch für so einen Typ, der auf nichts Rücksicht nimmt.«

Barbara lachte: »Manchmal lässt du so etwas durchblicken, aber Gott sei Dank eben nur manchmal.«

Die Konstituierung der neuen Volkskammer, deren Ergebnis auch in der Redaktion bei den meisten Verwunderung auslöste wegen der Inkompetenz mancher Abgeordneter, brachte für den Sender einige Veränderungen mit sich.

Eine Überraschung stand schon in der nächsten Redaktionssitzung vor der Tür. Der derzeitige, vom Rundfunkrat eingesetzt Personalleiter des Berliner Mutterhauses kam unangemeldet mit einem dicklichen kleinen Mann herein.

»Ich möchte Ihnen den neuen Sendedirektor vorstellen, der auf Beschluss des Rundfunkrates hier eingesetzt werden soll,« sagte er in das Erstaunen der Redaktionsmitglieder hinein.

Dettendorf fasste sich als Erster. Er hatte zwar von Anfang an gewusst, dass seine Berufung als amtierender Leiter von der Redaktion nur eine vorübergehende Sache war, hatte aber insgeheim gehofft, später auch von der Zentrale bestätigt zu werden.

»Offensichtlich hat sich auch durch die Wende in der überraschungsvollen Personalpolitik nichts geändert,« sagte er sarkastisch, »aber wenigstens wissen möchten wir alle schon, mit wem wir es zu tun haben.«

Der kleine dickliche Mann zog es vor, dem Personalchef die Vorstellung zu überlassen, der aber sagte nur: »Jonas Herter war wissenschaftlicher Berater am Sender und hat seit der Wende im Sprecherrat mitgearbeitet.«

Dettendorf unterbrach daraufhin die Redaktionssitzung und verschwand mit beiden Gästen im Direktorenzimmer.

»Ich baue auf ihre Loyalität,« sagte am nächsten Tag Herter auf einer eilends von ihm einberufenen Redaktionssitzung. »Als Erstes möchte ich eine Veränderung der Struktur dahingehend vornehmen, dass nicht jeder alles, sondern jeder ein eigenes streng umrissenes Tätigkeitsfeld erhält.« Er blickte sich um Zustimmung heischend in der Runde um, stieß aber auf unbewegtes Schweigen.

»Wir hatten bereits eine Arbeitsgruppe gebildet um eine neue Programmstruktur zu bilden,« warf Dettendorf ein.

Herter wehrte ab, »ich will mich gerne damit befassen, aber sie müssen mir schon erlauben, meine eigenen Vorstellungen dazu zu haben. Ich werde mit jedem Einzelnen ein Gespräch hierzu führen. Ein paar Aufgaben sind allerdings zwischenzeitlich schon zu unternehmen, so bitte ich Herrn Dettendorf sich wieder voll der Nachrichtenarbeit zu widmen, Herr Hansen wird einige neu gewählte Abgeordnete bei ihrer Arbeit begleiten, Frau Redmann übernimmt zunächst das Ressort Gesellschaft und nimmt als Erstes an einer festlichen Begebenheit mit einem ehemals hier ansässigen Fürsten teil, und die Übrigen stehen zunächst mir zur Verfügung zu variablen Einsätzen.«

Barbara war alles andere als erfreut über ihre Aufgabe. Da kam ein Fürst aus Baden-Würtemberg hierher in eine Mecklenburger Kleinstadt, um die Gebeine seiner verstorbenen Mutter zu überführen, wie sie sich erkundigt hatte. Sie spürte, wie sich alles in ihr sträubte, eine sogenannte Gesellschaftsreporterin zu sein, und noch dazu auf einem ihr völlig fremden Terrain.

Junkerland in Bauernhand, klang ihr noch aus dem Geschichtsunterricht in den Ohren. Man würde abwarten müssen, mit wem man es zu tun bekam.

Die Kirche war schon bis auf den letzten Platz gefüllt als Barbara eintraf.

»Wenn sie den Fürsten noch vor den Feierlichkeiten treffen wollen, dann kommen sie mit,« sagte der Bürgermeister und zog Barbara in einen Nebenraum. An die Wand gelehnt stand ein schlanker, grauhaariger Mann im Gespräch mit dem Dirigenten des kleinen Orchesters, das zur Feier spielen sollte. Als er Barbara bemerkte, wandte er sich ihr zu.

»Sie sind vom Ostdeutschen Rundfunk?« fragte er interessiert.

»Nicht ganz,« korrigierte Barbara, »nur aus Mecklenburg. Wie weit sich das alles einmal gestalten wird, steht noch in den Sternen.«

Der Fürst nickte: »Sie erleben gerade einen Umbruch, wie man ihn nicht anders als geschichtlich bezeichnen kann. Wenn meine Mutter das noch hätte erleben können, sie wäre sofort hierher gekommen, denn sie liebte diese Gegend. So können wir ihr nur den letzten Wunsch erfüllen und ihre Gebeine hier beerdigen, wo sie jahrzehntelang gelebt hat.«

»Sie lebte hier auf dem Schloss?«

»Es gehörte unserer Familie seit dem 17. Jahrhundert.«

»Und sie möchten es wieder in Besitz nehmen?«

Der Fürst lachte: »Um Gotteswillen, nein. Das hat mich übrigens der Bürgermeister auch schon gefragt, dem es recht lieb wäre, wenn ich den langsam verrottenden Bau wieder in Stand setzen würde, aber hier zu Lande hat man wohl einen falschen Begriff vom Adel. Ich bin Universitätsprofessor und von meinem Salair konnte ich gerade diese Feier und das Auftreten meines Studentenorchesters finanzieren.«

Barbara verbarg ihre Überraschung über diese Eindrücke, die so gar nicht ihren Vorstellungen entsprachen. Sie notierte sich die wesentlichsten biografischen Daten und hörte dann der warmherzigen Rede zu, in der der Fürst seine Mutter und die Landsleute würdigte, mit denen sie in guter Nachbarschaft zusammengelebt hatte. Nur kurz streifte er die Evakuierung der Familie während des 2. Weltkriegs und seinen Folgen, die ihr ein Zurückkommen in den späteren Jahren nicht mehr möglich machte. Es schien als wollte er alle West-Ost-Konfrontationen, die aus dem geschichtlichen Verlauf entstanden waren vermeiden, um eine gewisse Gemeinsamkeit heraufzubeschwören.

»Sie können gewiss sein, dass ich wiederkommen werde, nicht nur, um die Grabstätte zu besuchen sondern um hier ein Stück Heimat wiederzusehen,« schloss er unter dem Beifall der Gemeinde.

Das hätte mir einer einmal sagen sollen, dass ich einen Fürsten interviewen werde und von ihm sogar ganz angetan bin, dachte Barbara, als sie wieder im Studio mit ihren Notizen allein war.

Der Bericht, den sie gab, schien Herter so zu überzeugen, dass er ihr sogleich eine weitere Aufgabe erteilte.

»Bist wohl bald Hofreporterin,« spöttelte Degenhardt, als er davon hörte. Aber Barbara wehrte ab. »In der Praxis sieht manches ganz anders aus, als wir uns das einmal vorgestellt haben,« konterte sie, »am besten ist, man lässt alle Vorurteile fallen.«

Wie wenig sich diese Einstellung jedoch in der Praxis durchgesetzt hatte, zeigte eine Beratung der Gesellschaft für deutsche Geschichte, zu der sie der nächste Auftrag führte. Eingeladen war ein exklusives Publikum, wie sie von der Leiterin erfuhr. Fast paritätisch aus Ost und West hatten sich am Tisch Geschichtswissenschaftler und Agrarökonomen zusammengefunden. Es ging um die Bodenreform und ihre Auswirkungen. Barbara langweilten die Dispute über Paragrafen und Gesetze, bis auf einmal ihr Gegenüber, ein kräftig gebauter Mann mit von Wind und Sonne gegerbtem Gesicht das Wort ergriff und lautstark die bisherige Debatte als unnützes Geschwafel bezeichnete.

»Ich will mein Landgut zurück!« erklärte er demonstrativ. »Was die Russen und die Kommunisten da gemacht haben, ist Landraub, egal, wie man das jetzt in der hohen Politik nennt.«

Die Gesprächsleiterin war bemüht die Diskussion wieder auf eine wissenschaftliche Betrachtungsweise zurückzuführen, aber es gelang ihr nicht.

»Ich gehe bis zum Bundesverfassungsgericht, wenn ich meinen Besitz nicht zurückerhalte,« eiferte sich der Mann wieder, mit zornrotem Gesicht.

Die anwesenden Ostdeutschen verharrten in Schweigen.

Warum sagen sie nichts, überlegte Barbara, es gab doch eine Rechtsprechung.

Aber es schien, als ob der grobschlächtige Mann ihnen jeden Mut zur Erwiderung genommen hätte. Als sie in einer Sitzungspause an ihren Sitznachbarn mit ihrer Frage herantrat, meinte der nur lakonisch: »Was meinen sie, wie schnell ich mundtot gemacht worden wäre, und nicht nur von dem Wessi sondern auch von dem hiesigen Grünenvertreter aus der Bezirksbehörde. Dass ich Institutsleiter am Pflanzenforschungsinstitut war, gilt doch heutzutage nur noch als Belastung.«

Die Beratung verlief, ohne dass ein zufriedenstellendes Ergebnis hätte erreicht werden können.

Entsprechend ernüchternd fiel auch Barbaras Bericht aus. Sie hatte nicht mehr als 5 Zeilen für eine Nachricht zu Thema und Anwesenheit verfasst.

Herter zog die Augenbrauen hoch, als er das magere Ergebnis ihrer Recherche sah.

»Bleiben sie aber trotzdem an diesem Thema dran,« bemerkte er.

Sie entsann sich später ihres Kontaktes zu der früheren Genossenschaft im Landkreis Sternberg.

Der Vorsitzende würde sicher kein Blatt vor den Mund nehmen, wie sie ihn kennen gelernt hatte. Sie suchte seine Telefonnummer heraus und war erfreut, dass er noch am Ort war.

»Wie schaut's bei ihnen aus, nach der Wende,« fragte sie ihn, nachdem sie ihn an ihre Begegnung erinnert hatte. Sie hörte, wie er am anderen Ende der Leitung tief Luft holte.

»Schlecht geht es. Was bisher unser Besitz war, sprich Volkseigentum, unser Land, das müssen wir jetzt kaufen und die Bank gibt so gut wie keinen Kredit.«

»Und die Feinfrostanlage, läuft die wenigstens?«

»Unser Absatz ist so gut wie hin,« knurrte er mehr ins Telefon, als dass er sprach. »In Berlin haben uns die Holländer verdrängt mit ihrer Billigware und wir müssen sehen, wohin wir noch etwas liefern können. Alles schreit nach Westprodukten!«

»Sie werden doch nicht etwa aufgeben?«

Barbara hörte ihn seufzen und nach längerem Überlegen sagte er: »Kommt nicht in Frage. Zum Glück ist bisher niemand aus der Genossenschaft ausgestiegen. Die wissen alle, zusammenhalten, Augen zu und durch, das ist das Einzige, was uns retten kann.«

»Keine allzu guten Perspektiven.«

Sie hörte ihn bitter lachen.

»Sie sagen es, aber wir haben den Statthaltern des Sozialismus eine lange Nase gezeigt, und mit den Kapitalisten werden wir es auch noch aufnehmen.«

Barbara dachte laut nach: »Wenn ich mich in zwei Jahren wieder melde, packen sie es bis dahin? Wäre ja mal eine Erfolgsmeldung wert.«

»Humor haben sie ja noch,« meinte der Vorsitzende, und sie merkte ihm an, dass er nun auch schmunzeln musste. »Aber wenn sie das so sagen, dann woll' n wir das mal versuchen.«

Als Barbara nachhause fuhr, hatte sie irgendwie das gute Gefühl, dass dieser alte Haudegen es schon schaffen würde.

Sie musste dabei an ihre Kinder denken. Bisher schien alles in geordneten Bahnen zu laufen, und wenn sie sich nicht meldeten, ging in der Regel auch alles gut. Sie beschloss dennoch Mareen anzurufen, um ihr mitzuteilen, dass sie ihre Sendung gesehen hatte.

»Hast ja Recht mit deiner Kritik, dass mir dabei so etwas rausgerutscht ist. Gott sei Dank nimmt man das einem Volontär nicht gleich übel, aber ich werde mich schon zusammenreißen beim nächsten Mal!« sagte Mareen.

»Und sonst ist alles in Ordnung?« wollte Barbara wissen.

»Im Prinzip, ja. Die Veränderungen, die man für das neue Jahr angekündigt hat, betreffen uns ja noch nicht.«

»Welche?«

»Na es wird mehr freie Mitarbeiter geben und weniger Festangestellte, wie das bundesweit so üblich ist.«

Sie setzte mit einer Gegenfrage an: »Ist das bei Euch schon durchgedrungen? Den Rundfunk betrifft das ja auch.«

Barbara verneinte.

Das Gespräch mit der Tochter ließ in ihr jedoch Befürchtungen hochsteigen, die auch nicht dadurch vergingen, dass vorläufig alles seinen gewohnten Gang ging. Der alte Chef war in Rente gegangen und ließ sich auch nicht mehr in der Redaktion blicken. Hansen blieb bei seinem distanzierten Verhältnis gegenüber Herter, und Dettendorf konzentrierte sich so wie die übrigen Journalisten voll auf die Arbeit, denn pingeliger als der neue Chef konnte bisher niemand sein.

Sie wurde des weiteren Nachdenkens enthoben, als Hansen eines Tages ins Zimmer kam und ankündigte, dass man sie in den nächsten acht Tagen in der Moderation brauchen würde.

»Wir fahren jetzt das Morgenmagazin nach einem anderen Modus,« sagte Hansen dazu. Er setzte sich neben ihren Schreibtisch und spielte mit den Bleistiften in der Schale, als ob er nicht genau wisse, wie er ihr das erklären sollte.

Barbara sah ihn skeptisch an. »Red´ schon, ich bin ja jetzt manches gewöhnt.«

»Das Grundlegende besteht darin, wenig reden, kaum noch Zeitansagen und viel Musik.«

»Also Dudel-Radio?«

»Übertreib nicht,« er lächelte sie versöhnlich an, »klar geben wir Informationen weiter, wie das immer war, Wetter, Straßenbericht usw. Und du bleibst doch auch weiter die Frau, die morgens ins Wohnzimmer kommt und gute Laune verbreiten soll. Sei doch mal ganz charmante Gastgeberin und hake alles andere als überflüssigen Ballast ab.«

»Ist das wirklich Deine Meinung?« Barbara sah ihn schräg an. »Dann hast du dich aber gewaltig geändert, seit wir das letzte Mal so intern wie jetzt miteinander gesprochen haben.«

»Vielleicht will ich es dir nur leichter machen, sich auf die neue Situation einzustellen.«

Barbara warf entrüstet den Kopf zurück. »Am liebsten würde ich alles hinwerfen. Kaum haben wir das Drangsalieren des bisherigen Regimes überwunden und glaubten frei zu sein, schon stehen wir wieder unter Druck.«

»Lass dich nicht von spontanen Eingebungen leiten, ich bitte dich.«

Sie spürte die Wärme in seinen Worten, und das Gefühl der Vertrautheit kam wieder auf.

»Ich schlafe mal darüber, und klar, meinen Dienst trete ich morgen an.«

Mit gemischten Gefühlen betrat Barbara am nächsten Morgen den Senderaum. Sie fand wieder einige Bänder vor, eines das auf einen bevorstehenden Sängerwettstreit aufmerksam machte, ein anderes, das über die Initiativen der Naturschützer zur Pflege der Deichanlagen berichtete. Na wenigstens etwas an Substanz, dachte Barbara. Auf dem Sendetisch fand sie dann einen kurzen Moderatorentext, der den 60.Geburtstag eines Filmschauspielers würdigte, mit allen Details aus seinem Familienleben.

»Ist der Typ dir bekannt,« rief sie hinüber in den Technikraum.

Heike Sommerfeld schüttelte den Kopf. »Unbekannte Größe, zu mindestens bei uns hier. Stammt sicher aus dem Westen.«

»Na ja, Westen! Ist ja bald soweit, dass diese Bezeichnung wegfällt.«

»Glaubst du das wirklich?« fragte die Technikerin, »wir werden wohl immer die aus dem Osten heißen und die armen Verwandten bleiben.«

Barbara war froh, dass das Rotlicht sie einer Antwort enthob. Sie wusste keine.

Als sie am Nachmittag nachhause kam, überlegte sie kurz; womit ich heute mein Geld verdient habe, ist mir schleierhaft. Viermal hatte sie zwei Texte innerhalb von 3 Stunden, und nur die Musik, war das Erfreuliche, sodass sie versucht hatte, so munter wie möglich anzusagen.

»Das haben sie aber heute schön gemacht, das mit dem Schauspieler,« begrüßte sie Nachbarin Lehmann, die sie auf der Treppe traf. »Fast so wie im Westen. Ich war nämlich nun endlich einmal bei meiner Schwester im Schwarzwald, und da hört man so was auch.«

O Gott, konsternierte Barbara, wenn das gefällt, dann haben die Macher da oben wohl Recht, wenn sie uns Sprechen mit Tiefgang untersagen.

Sie überkam das Bedürfnis, sich mit ihrer Tochter zu unterhalten. Nach dem Abendbrot hoffte sie sie in ihrer WG zu erreichen, und sie hatte Glück.

»Hallo, Mama,« sagte Mareen überrascht. »Schön, dass du anrufst. Heute ist der einzige Abend, an dem ich frei habe.«

»Hast du so viel zu tun?«

»Wir können uns kaum retten. Die Schlagersänger, die vor 89 abgehaun sind, kommen jetzt zurück und möchten Interviews geben. Auf den Bühnen herrscht das Chaos, weil man sich noch nicht auf neue Stücke einigen konnte. Wir sind natürlich bei den Diskussionen dabei, und ganz wenige aus der Szene haben Pech, die will keiner mehr und das nagt am Gemüt.«

»Hab gehört, die Hannemann ist gestorben.«

»Das Klinkenputzen lag ihr nicht, und da hat das Immunsystem ausgesetzt und dem Krebs den Vorrang gelassen.«

Barbara spürte, wie ihre Tochter davon berührt war. Sie vermied deshalb, sie mit ihren eigenen Problemen zu belasten.

»Wenn es klappt, komme ich wieder mal nach Berlin und schau bei dir vorbei,« sagte Barbara nur noch.

Der Vorfrühling setzte inzwischen seine Zeichen und wirbelte mit kräftigen Sturmböen durch die Straßen der Stadt am See. Wenn Barbara morgens zur Arbeit ging, roch es noch nach schmelzendem Schnee aber, wie sie sich einbildete, auch nach den ersten grünen Grasspitzen.

Sie genoss diese Frühstunde. Sie gab ihr für kurze Zeit Ruhe und das Gefühl, als habe sich nichts verändert.

Die Überraschungen aber ließen nicht allzu lange auf sich warten.

»Der Chef fährt mit mir nach Berlin,« sagte Hansen eines Morgens vor Beginn der Reaktionssitzung zu Barbara, »Dettendorf ist auch mit von der Partie.«

»Geht es um das Programm?«

»Wohl weniger, der Chef deutete an, dass die Personalstruktur verändert werden soll, was immer das heißt.«

Barbara sollte es noch am selben Abend erfahren, denn Hansen hatte versprochen, sie direkt nach der Beratung aufzusuchen. Sie wusste, dass er damit ein Tabu brach, vor der offiziellen Mitteilung sie zu informieren, aber es war wohl ihrer Beziehung geschuldet, die sie unausgesprochen immer wieder zueinander zog.

Als er vor ihrer Tür stand, hielt er ihr einen Strauß gelber Rosen entgegen. »Wenigstens das hat uns der Umschwung gebracht, es gibt überall die schönsten Blumen zu kaufen, da konnte ich nicht vorbeigehen.«

Barbara lachte: »Ja, wenigstens etwas, was sich zum Guten geändert hat.«

»Naja,« meinte Hansen, »die anderen Veränderungen werden dich weniger freuen.«

Er setzte sich zu ihr an den Tisch und hob das Weinglas, das Barbara zu einem kleinen Imbiss hinzugestellt hatte. »Lass uns erst mal einen Schluck trinken, dann fällt das Reden leichter.«

»So schlimm?«

»Noch schlimmer,« sagte Hansen und zog ein Papier aus seiner Aktentasche.

»Hier steht es schwarz auf weiß, dass mit der Auflösung des Staatlichen Rundfunkkomitees uns allen gekündigt wird. Neubewerbungen sind möglich, aber wem zugestanden wird, weiter fest angestellt zu arbeiten, das steht in den Sternen.«

Da war sie wieder diese Unsicherheit, die Barbara schon des Öfteren befallen hatte. Sie musste schlucken und wusste nicht, was sie darauf erwidern sollte.

»Herter hat mir jedenfalls zugesichert, dass alle Leute behalten werden, wenn auch nur im Status ‚Freier Mitarbeiter'. Und für die Moderation werden andere Leute eingekauft. Ein neues Programm braucht neue Stimmen, lautet die Devise.«

Barbara saß wie versteinert da. Die Aufgabe, die sie am liebsten übernahm, würde also wegfallen; was würde bleiben? Sie war noch nicht in der Lage das zu überdenken.

»Es ist noch nicht alles,« sagte Hansen. »Ich werde weggehen. Im Sender ist für mich kein Platz mehr, wie Herter sich ausdrückte.«

Barbara fühlte sich, als würde alles über sie zusammenbrechen. Was sie sich bisher nicht hatte eingestehen wollen, überfiel sie jetzt mit schmerzhafter Klarheit. Sie brauchte Hansen, seine stets gegenwärtige Fürsorge, seinen Zuspruch, seine Fröhlichkeit, ja auch die unausgesprochene Zuneigung, mit der er ihr begegnete.

»Bleib heute hier bei mir,« bat sie ihn fast tonlos.

Als Barbara am anderen Morgen wieder allein war, ließ sie ihren Tränen freien Lauf. Sie wusste selbst nicht ob aus Glück oder aus Unsicherheit vor der Zukunft.

Die Veränderungen in der Redaktionsstruktur ließen nicht lange auf sich warten.

Eines Morgens erschien Herter mit zwei jungen Männern, die er dem Redaktionskollektiv als neue Kollegen vorstellte.

In das verwunderte Schweigen hinein erläuterte er in dürren Worten die neue Personalstruktur, die außer Dettendorf als Stellvertreter nur noch einen festen Nachrichtenreakteur und einen festangestellten Programmchef vorsah.

»Ich bin mir sicher,« sagte er mit einem verbindlichen Lächeln, »dass sie alle auch als freie Mitarbeiter unserem Sender verbunden bleiben und ihm gut zuarbeiten. Auch ihre neuen Kollegen, Klaus Mahler, der vom Norddeutschen Rundfunk kommt und Heiner Losowski aus Berlin sind freie Mitarbeiter und werden im wöchentlichen Wechsel die Morgenmoderation übernehmen. Herrn Hansen haben wir gestern schon in Berlin verabschiedet, er wird sich dort eine neue Aufgabe suchen.«

Ein Stimmengewirr brach los, wie es sich Herter wohl nicht vorgestellt hatte.

»Das sind die normalen Bedingungen, wie sie im öffentlich rechtlichen Rundfunk gelten,« sagte er betreten. »Im Übrigen bieten sich jedem, der es will genügend Arbeitsaufgaben, mit denen er leben kann. Und ich werde mich bemühen, sie in die Geschehnisse der Redaktion einzubinden.«

Nach der Sitzung bearbeitete Barbara ihre letzte Reportage und ging damit zu Dettendorf. Als er sie abgehört hatte, nickte er zustimmend und meinte, mit dieser Qualität könne sie jederzeit auch als freie Mitarbeiterin gegen jede Konkurrenz bestehen.

»Was du mitbringst, hat kein anderer: Kenntnis von Land und Leuten. Darauf ist man in jedem Programm angewiesen.«

Barbara fand, dass dies ein schwacher Trost sei, aber immerhin eine Möglichkeit, weiter zu bestehen. Zuhause rief sie erst einmal ihre Tochter an, um ihr die Neuigkeiten mitzuteilen. Mareen schien darüber nicht verwundert. »Hab ich dir doch schon angedeutet,« meinte sie nur. Sie hatte mehr Glück gehabt und wurde in dem festen Stamm der Redaktion behalten. Gott sei Dank, dachte Barbara, muss ich mir wenigstens um sie keine Gedanken machen.

Je länger sie nun über ihre eigene Situation nachgrübelte, desto mehr kam sie zu der Auffassung, jetzt gerade erst recht zu beweisen, dass sie ein solides Handwerk gelernt hatte. In ihrem Dienstablauf änderte sich in der nächsten Zeit wenig. An Stelle der Moderation, die für sie nicht mehr infrage kam, gab sie ihre Reportagevorschläge an Dettendorf, und anders als bei anderen Redakteuren, nahm er jeden ihrer Beiträge in das Tagesprogramm auf. Sie verdiente so durch die Honorare mehr als bisher durch ihre Festanstellung, was sie als das einzig Erfreuliche fand.

Mit der Veränderung des Programms bot sich ihr schließlich die Möglichkeit, eine Sendung über Naturschutz und Naturschutzgebiete zu gestalten.

»Sie kennen sich da besser aus, als die anderen,« sagte Herter, und wiederholte damit fast wörtlich, was ihr auch schon Dettendorf prophezeit hatte.

Für Barbara war das ein Lichtblick aus der von ihr nicht sehr geliebten Gesellschaftsberichterstattung auszusteigen.

Ihr fiel ihre ehemalige Interviewpartnerin Ruth Freitag ein, die sich schon in den letzten Monaten der DDR mit den Mitgliedern der Umweltbibliothek getroffen hatte.

»Kommen sie nur, sie können eine Menge Material von uns erhalten,« sagte Ruth Freitag, als Barbara sie anrief.

In der ehemaligen Klosterkirche war ein Nebenraum vollgestellt mit Regalen.

»Wir haben alles alphabetisch geordnet, von schützenswerten Gebieten bis zu bedrohten Pflanzen und Tieren,« bedeutete Ruth Freitag, die Barbara erfreut begrüßt hatte.

»Wenn sie das eine oder andere interessiert, machen sie sich eine Kopie von den entsprechenden Seiten, der Kopierer steht gleich neben an und lassen sie sich Zeit dafür, sie stören uns nicht.« Sie deutete auf einen benachbarten Raum, in dem drei junge Mädchen an Computertischen saßen.

Barbara dankte erfreut. Sie sah sich einer ungeheuren Menge an Material gegenüber, das die Mitglieder der Umweltbibliothek zusammengetragen hatten. Nachdem sie sich langsam eingelesen hatte, fiel ihr auf, dass neben vielen ungelösten Problemen der Widerstreit der Bauern gegen die Vorhaben der Naturschutzgebiete wohl das brisanteste Thema war.

»Was meinen sie dazu?« fragte sie Ruth Freitag.

»Sie haben sich die schwierigste Aufgabe herausgepickt, denn bringen sie mal Bauern bei, die zu DDR Zeiten dazu angehalten waren, so viel wie möglich zu produzieren, dass sie jetzt auf der Hälfte ihres Grund und Boden Naturpflege machen sollen, mit allem, was dazugehört.«

»Es geht ihnen wie auch mir, dass man sich völlig neu einstellen muss,« sagte Barbara.

»Ich weiß von ihrem Auftritt vor dem Runden Tisch. Mein Mann hat mir erzählt, dass sie sehr aufrichtig waren,« sagte Ruth Freitag. »Ich hatte ehrlich gestanden auch nichts anderes von ihnen erwartet.«

Barbara ging nachdenklich nachhause. Wenn sie an ihre Kinder dachte, dann nahmen sie alles viel leichter als sie und fanden sich offensichtlich gut zurecht. Wurde sie etwa alt? Sie schüttelte den Gedanken ab und machte sich an die Sichtung des Materials.

In der Redaktionssitzung meinte Dettendorf, sie sollte sich am besten einen Förster und einen Naturschutzbeauftragten, mitnehmen, denn die Argumente der Bauern würden nicht von Pappe sein.

»Außerdem,« sagte Herter, »erwarte ich von ihnen vor allem eine Sendung über die Schönheiten des Naturschutzgebietes, das sie vorstellen sollen. Also 50% gestaltete Landschaft und 10% das Übrige.«

Barbara ahnte, dass das schwierig werden würde. Sie wunderte sich, dass Dettendorf darauf bestand, mitzukommen. Er erhoffe sich davon Nachrichtenmaterial und Hintergrundinformationen zu erhalten, gab er als Grund an, aber Barbara konnte sich des Eindrucks nicht erwehren, dass er das vor allem ihretwegen tat. Traute er ihr etwa nicht zu, die Aufgabe zu meistern? Sie verwahrte sich gegen diesen Gedanken. Er kannte sie eigentlich gut genug. Auf der anderen Seite war sie froh, dass er dabei war. Denn nachdem es verlangt wurde, dass die Redakteure selbst fuhren, hatte sie zwar die Fahrprüfung absolviert, aber sie war noch nicht so sicher, wie sie erhofft hatte. Sie vermisste Bremer, der in die Rente verabschiedet worden war. Der alte Knurrhahn war ihr irgendwie ans Herz gewachsen. Aber wie von so vielem, hatte sie sich auch von ihm verabschieden müssen. Sie sträubte sich deshalb nur pro forma, als er sie fragte, ob er fahren solle.

Das Land wurde immer flacher, je näher sie ihrem Ziel kamen. Vor dem kleinen Fachwerkhaus, das so gar nicht nach Forstamtssitz aussah, stand schon der Oberförster und empfing sie mit einem breiten Lachen.

»Mit ihrer Mühle werden wir die Wege wohl kaum schaffen,« meinte er und forderte sie auf in den Landrover einzusteigen, der schon bereitstand. Ein hagerer braungebrannter Mann in den Dreißigern hatte darin schon Platz genommen und stellte sich als Kressner und Naturschutzbeauftragter des Kreises vor.

»Wir werden zwischen immer mal halten, ehe wir zu den ersten Gehöften kommen, damit ich ihnen unsere Projekte erläutern kann,« sagte er.

An einer Lichtung hielten sie zum ersten Mal an.

»Dort drüben am See brüten Silberreiher und Schnepfen,« erläuterte Kressner. »Diese Wiese hier ist Kranichsammelpunkt, ehe sie im Herbst in den Süden ziehen. Was noch so alles kreucht und fleucht an seltenen Kleintieren, kann ich ihnen gar nicht alles aufzählen. Sie sehen also, sensibelste Gebiete, die in der Nähe weder Tourismusströme noch Lärm von Motoren und anderen Geräten vertragen. Wir möchten diesen Landstrich deshalb weitgehend sperren und die Natur sich selbst überlassen.«

Barbara sah den Oberförster fragend an, da sie bemerkt hatte, dass er bei diesen Worten die Augenbrauen hochgezogen hatte.

»Naturbelassen, das hört sich gut an,« sagte er. »Mit diesem Flekken gibt's bei mir keine Probleme, aber dass in anderen Gebieten Bruchholz liegen bleiben soll, was Borkenkäfern und anderen Gesellen Verbreitungsmöglichkeiten bietet, dagegen möchten wir von der Forst unser Veto einlagen.«

Kressner schwieg dazu und setzte sich wieder ans Steuer des Rovers. Sie gelangten bei den ersten Bauernhöfen an. »Sprechen sie mal am besten mit dem Gemeindevorsteher,« sagte Kressner und wies auf einen Bauernhof hin, der sich durch seine Größe erheblich von den anderen unterschied.

Hemdsärmlig und in blauen Jeans kam ein älterer Mann aus der Tür. »Na Kressner, was hast du dir heute wieder ausgedacht,« empfing er den Naturschutzbeauftragten mit finsterer Miene. Der stellte die Leute vom Rundfunk vor, was keinesfalls zur Aufhellung des Gemüts des Gemeindevorstehers beitrug.

»Keiner hat bisher definitiv gesagt, wie hoch der Ausgleich dafür ist, wenn wir die Äcker am Deich unbestellt lassen,« brummelte er, an die Rundfunkleute gewandt. »Außerdem ist das Gebiet, das die Naturschützer da abgesteckt haben, viel zu groß. Wir wissen ja am besten, wo das Wild und die Vögel zu finden sind, die angeblich so wertvoll sind.« Er spuckte wütend einen Tabakpriem aus, wobei er noch ergänzte, »und die Wiesen, die wir für unser Milchvieh brauchen versauern, weil die zuständige Behörde die Entwässerungskanäle nicht pflegt. Der Streit geht immer hin und her zwischen dem Umweltamt und der Wasserbehörde, und es geschieht nichts.«

Er ging auf einen schmalen Weg zu und winkte den anderen zu, ihm zu folgen. Hinter dichtem Buschwerk öffnete sich der Blick auf eine weitläufige Wiese. »Dahinter hatte ich einen Großteil meiner Felder. Jetzt soll die Hälfte davon Brachland werden. Und weswegen? Weil sich ein paar Großtrappen gezeigt haben, und die scheinen heutzutage mehr wert zu sein, als der Mensch, der hier seinen Lebensunterhalt braucht.«

Der Oberförster wiegte bedenklich den Kopf. »Großtrappen sind schon was Besonderes, genau wie die Silberreiher und die Fischadler, das müsste dir doch auch klar sein.«

Der Gemeindevorsteher knurrte etwas Unverständliches vor sich hin. Dann wies er auf die Rundfunkleute. »Erklärt das mal den Leuten, die da oben das Sagen haben, wie das gehen soll. Ohne finanziellen Ausgleich wird hier kein Bauer auf die Bewirtschaftung seines Landes verzichten.« Damit kehrte er sich zum Weggehen und ging ohne ein weiteres Wort zu sagen zu seinem Hof zurück.

Der Förster zuckte mit den Schultern: »Ist ja verständlich, aber als Forstmann sehe ich das natürlich etwas anders. Schaun sie sich doch mal um, wie schön das hier ist. Das findet man nicht überall; und wenn man ein bisschen klüger vorgeht, kann man hier auch geführte Wanderungen machen, zum Beispiel mit Leuten wie Kressner.«

Der Naturschutzbeauftragte, der sich aus der Diskussion mit dem Bauern herausgehalten hatte, stimmte ihm zu. »Davon könnten die Bauern auch profitieren, mit Übernachtungsquartieren, die sie anbieten, mit Imbissangeboten und Verkaufsständen mit Milch und Eiern. Aber eh das in den Köpfen durch ist, sind wir vielleicht dann im Jahr 2000.«

Das wäre ein guter Aufhänger für meine Geschichte, dachte Barbara, und als sie später am Redaktionstisch saß, fiel es ihr leichter, als sie zuvor gedacht hatte, die widersprüchlichen Meinungen mit dieser Vision zu verbinden.

»Gut gemacht,« sagte Herter, dem Barbara die Sendung vorspielte. »Schön dass sie Musik bei den Passagen auf dem Lande untergelegt haben dadurch gewinnt es noch an Stimmung.«

»Ja, es zahlt sich eben aus, dass unser bisheriger Musikredakteur selbst das Feld geräumt hat,« konnte Barbara sich nicht enthalten zu bemerken.

»Mit Jonathan gibt es eine ganz andere Zusammenarbeit.«

Sie mochte den langhaarigen schlacksigen jungen Mann, der sich direkt vom Musikstudium aus für den Sender beworben hatte. Wenig-

stens eine Personalentscheidung Herters, der man zustimmen konnte.
Der Sommer hatte mit flirrender Hitze Einzug gehalten. Barbara hätte
sich gerne wieder für ein paar Tage an die Ostsee begeben, aber sie
fürchtete dann als freier Mitarbeiter ausgebootet zu werden, wie es
schon zwei ihrer Kollegen gegangen war.

Geld gab es nur für gesendete Beiträge, und die Rangelei um die besten Aufträge hatte mittlerweile schon um sich gegriffen.

Sie nahm sich deshalb nur ein Wochenende frei, um mit Sven den
Abschluss seines Studiums ein wenig zu feiern. Sven hatte sie nach
Rostock eingeladen und schrieb bei der Einladung noch hinzu, dass
sowohl Mareen als auch sein Vater dabei sein würden.

Das Zusammentreffen mit ihrem Ex-Mann beeinträchtigte ihre Vorfreude auf das familiäre Zusammensein wenig. Sie hatten seit der
Trennung ein sachliches Verhalten zueinander gefunden, und es war
nur Svens gutes Recht, auch seinen Vater einzuladen.

Als Barbara auf dem Bahnhof in Rostock eintraf, erwarteten sie schon
Sven und Mareen. Sie musste überrascht konstatieren, wie sich die
Geschwister verändert hatten. Aus dem jungenhaften Sven war ein
richtiger Mann geworden und auch Mareen hatte ihren Babyspeck
abgelegt. Bei der freudigen Umarmung spürte sie, dass es nicht mehr
die kindliche Anhänglichkeit war, sondern so etwas wie eine Begrüßung auf gleicher Augenhöhe. Völlig in Ordnung, überlegte Barbara.
Aus Kindern werden eben Leute.

Als sie in der Gaststätte eintrafen, saß an dem mit Blumen geschmückten Tisch schon Redmann. Er erhob sich und trat auf Barbara zu, um
sie mit einer leichten Verbeugung zu begrüßen.

Er sieht immer noch gut aus, auch wenn es noch mehr weiße Haare
geworden sind, musste sich Barbara eingestehen und gab ihm die
Hand. Offensichtlich erleichtert darüber, dass die Begegnung so unauffällig verlief, setzten sich Mareen und Sven.

Svens Abschluss mit hervorragenden Noten war dann die Überraschung Nummer eins, um das sich alle weiteren Gespräche drehten.

»Es zahlt sich eben aus, wenn man sein Studium mit ganzer Intensität
betreibt,« meinte Redmann.

»Na, vieles ist ihm doch zugeflogen,« konterte Mareen, »sonst hätte er nicht so bei den Leuten vom ‚Neuen Forum' mitmischen können.«

Redmann verzog das Gesicht. »Wer hat dich denn dazu gebracht, sich bei den neuen Herren anzubiedern?« Er warf dabei einen misstrauischen Blick auf seine Ex-Frau.

»Ich glaube, du hast dich da in deiner Wortwahl vergriffen,« sagte Barbara kühl, die beobachtet hatte, wie sich Svens Gesicht verfinsterte. Sie versuchte dem Gespräch eine andere Wendung zu geben, um nicht den Anlass des Zusammentreffens in einen Streit münden zu lassen und fügte noch hinzu, »Kinder gehen eben ihre eigenen Wege, das sollten wir respektieren.«

Mareen biss sich auf die Lippen, sie hatte nicht geahnt, wie ihr Vater auf ihre Bemerkung reagieren würde und Sven sagte betont langsam und sachlich: »Schade, dass du so wenig weißt, was wir mit dem Neuen Forum beabsichtigen,« und er fügte mit einem triumphierenden Seitenblick auf seinen Vater hinzu, »und nun kommt die Überraschung Nr. 2, ich habe einen Platz im Forschungsinstitut für Halbleiterphysik bekommen.«

Barbara sah, wie ihr Exmann mit Mühe eine Erwiderung unterdrückte, deshalb hob sie das Glas und sagte: »Auf deine Zukunft, Sven.«

Sie saßen noch eine Weile zusammen, aber der Missklang, der sich eingeschlichen hatte, wollte nicht weichen.

Er sitzt immer noch auf dem hohen Ross, überkam es Barbara, sicher, weil er sich dank seiner Seilschaften ein warmes Plätzchen in der Führungsetage seiner neugegründeten Partei gesichert hatte.

Als sie wieder ins Studio kam, erwartete sie eine Botschaft, der Degenhart offensichtlich keine Bedeutung beimaß, denn er sagte nur so nebenbei: »Hansen hat sich gemeldet, er wollte auch dich sprechen. Er ist wieder im Synchronstudio untergekommen. Das war glaube ich die Firma, in der seine Frau gearbeitet hat.«

Barbara hatte Mühe die Erregung zu unterdrücken, die diese Nachricht bei ihr hervorrief.

War es seine Ex-Frau, die ihm zu dieser Arbeit verholfen hatte? Wie würde sich ihr Verhältnis unter den Bedingungen der Zusammenarbeit gestalten? Der Wirrwarr ihrer Vermutungen ließ ihr keine Ruhe, bis sie sich zu der Entscheidung durchrang, sich Gewissheit zu verschaffen. Sie suchte die Telefonnummer des Berliner Studios heraus und rief an.

»Synchronstudio Hansen,« meldete sich eine Frauenstimme.

Barbara war versucht, den Hörer wieder aufzulegen, aber sie fragte dann doch, ob sie Gregor Hansen sprechen könne.

Sie merkte, wie sich die Tonlage am anderen Ende der Leitung deutlich abkühlte. Dann vernahm sie die vertraute Stimme von Hansen.

»Ich bin's, Barbara,« sagte sie.

Er ließ sie gar nicht weitersprechen, sondern sagte nur, »du glaubst nicht, wie ich dich vermisst habe.«

Barbara spürte, wie sie eine warme Welle der Freude durchfuhr.

»Können wir uns mal sehen,« fragte sie.

Sie verabredeten sich in der kleinen Kneipe, in die er sie einmal geführt hatte.

Als sie sich gegenübersaßen, war es wieder da, das Gefühl der Zusammengehörigkeit und Barbara spürte, dass alles, was sie an Zweifeln gehabt hatte, nichtig war.

»Komm hierher nach Berlin,« sagte Hansen schließlich eindringlich »Als freier Mitarbeiter kannst du überall arbeiten. Schreibe für eine Zeitung, Feuilletons oder Kolumnen, das liegt dir doch. Und fang damit jetzt schon an, ehe du Deine alte Arbeit aufgibst.«

»Lass mir Zeit, darüber nachzudenken,« antwortete sie bedrückt.

Als Hansen sie zum Zug brachte, erklärte er mit ein wenig Wehmut: »Ich kann dich nicht einmal einladen hier zu bleiben, denn ich teile mir vorläufig noch mit einem Kollegen das Zimmer.«

»Dann komm an einem Wochenende zu mir, so bald du kannst!« Barbara winkte ihm noch aus dem Zugfenster nach, solange er den anrollenden Zug begleitete.

Als sie wieder zuhause war, überfiel sie die Sehnsucht nach Hansen so sehr, dass sie ihn am liebsten gleich angerufen hätte. Aber was sollte sie ihm anderes sagen als bei ihrem Beisammensein?

Kurz vor Jahresende machte ein beunruhigendes Gerücht die Runde. Die ganze Struktur des Senders sollte wiederum verändert werden und zwar zu Gunsten eines Fernsehstudios, das sich am Ort etablieren sollte.

Herter selbst schien das Gemunkel kalt zulassen. Erst als ein Stab Bauleute im Sender erschien, wurde offenbar, dass an dem Gerede doch etwas Wahres dran sein musste.

In der nächsten Redaktionskonferenz erschien Herter mit einem an Jahren wesentlich jüngeren Mann an seiner Seite, der ihn zudem noch um anderthalb Kopfgrößen überragte.

»Ich stelle Ihnen den neuen Chef des Rundfunk-Fernsehprogramms vor, das ab nun zusammengeführt wird,« sagte er in seiner unvermittelten Art ohne sich um das fast hörbare Erstaunen im Kollegium zu kümmern. »Dass das Konsequenzen hat, werden sie sich denken können. Sendungen über Landschaft, Bräuche und Leute werden vom Fernsehen besser in Szene gesetzt werden können, als nur mit dem bloßen Wort. Dasselbe gilt für die Sportberichterstattung und vieles andere mehr. Aber dazu kann Ihnen Herr Füssling sicher mehr sagen.«

Der Mittvierziger beugte sich ein wenig vor, um alle Kollegen im Blick zu haben und sagte in das aufkommende Gemurmel begütigend: »Natürlich bleiben für den Rundfunk noch genügend Aufgaben. Sie werden also nicht arbeitslos, aber für das Fernsehteam brauche ich versierte Fachkräfte. Ich habe mir da schon eine Crew zusammengestellt und ich hoffe, sie werden in Zukunft gut miteinander auskommen.«

Barbara hatte wie versteinert zugehört. Nachdem schon die Moderation in andere Hände gegeben worden war, stand sie nun auch noch einer weiteren Demontage ihrer Arbeitsmöglichkeiten gegenüber.

Dettendorf sah, was in ihr vorging und legte ihr beruhigend die Hand auf die Schulter, aber sie wehrte ihn ab. Als sie auf dem Flur waren, sagte sie nur bitter: »Dich trifft es ja nicht, du bist bei den Nachrichten und bleibst bei den Nachrichten.«

»Es geht doch nicht gegen dich als Person,« versuchte Dettendorf zu beschwichtigen. »Die halbe Redaktion ist davon betroffen.«

Barbara schluckte. »Es gibt nichts, woran man sich halten kann. Was heute noch gilt, gilt morgen schon nicht mehr.«

In der Reaktion breitete sich eine niedergedrückte Stimmung aus. Jeder der Freien Mitarbeiter fürchtete weniger Aufträge zu erhalten, Einbußen auch finanzieller Art zu erleiden.

»Woran haben wir uns alles schon gewöhnen müssen,« sagte Dettendorf, als er Barbara in der kleinen Studiokantine bei einem Kaffee traf. »Währungsreform, Firmenpleiten, Einheitsgesäusel und Zusammenschluss. Und jetzt den Umbruch der ganzen Medienlandschaft. Was hatten wir doch für Illusionen und wie frei haben wir uns gefühlt, als wir nach der Wende versucht haben, unsere eigene Sendegestaltung auf die Beine zu stellen.«

Barbara nickte. »Weißt du, was mir eine sehr kluge Frau dazu einmal gesagt hat? Ich zitiere mal die Ruth Freitag, die mit ihrem Mann aus Australien hierher gekommen ist, weil sie auf mehr Gerechtigkeit gesetzt hat. Die sagte, lassen sie mal ein paar Jahre nach dem Umbruch vergehen, dann setzt sich doch das durch, was bei ihnen im Land einmal gut war. Sie müssen nur Geduld haben und selbst etwas dafür tun; aber ich zweifle, ob wir das noch erleben werden.«

Um ihre Motivation wiederzugewinnen, versuchte Barbara ein wiederum neues Arbeitsfeld für sich auszuloten. Sie hatte sich gerade einige Themen gesucht, als der Hannoveraner, der ihre Sendung übernehmen sollte, plötzlich vor ihrem Schreibtisch stand.

»Wir könnten zusammen einen Kaffee trinken,« entgegnete er auf ihren fragenden Blick, »und dabei würde ich mich gerne über ihre Sendungen unterhalten.«

Zögernd folgte ihm Barbara in die Kantine.

»Vielleicht sollte ich zuerst mal etwas von mir erzählen,« begann er, als er das unverhohlene Widerstreben gegen diese Unterhaltung in ihrem Gesicht ablas.

»Ich bin schon die ganze Seenplatte entlang geradelt, als von einer Einstellung hier im Sender noch gar nicht zu reden war. Mein Vater hatte gleich nach der Wiedervereinigung zu mir gesagt, geh nach dem Osten, es wird dir dort besser gefallen als hier.« Auf Barbaras erstaunten Blick fügte er mit einem leichten Lächeln hinzu. »Mein Vater ist eingeschworener Achtundsechziger und meine Mutter stammt von hier.«

»Die Achtundsechziger sind ja bei Ihnen drüben auch nicht gerade gut angesehen, wenn ich richtig orientiert bin,« sagte Barbara mit einem Anflug von Ironie.

»Hat sich schon viel daran geändert,« meinte er, »immerhin war es ein Aufbruch in die Neuzeit, auch wenn sich nicht alles bewährt hat. Aber das ist ein anderes Thema, über das wir uns später mal unterhalten können, wenn sie wollen.« Er räusperte sich, als wollte er damit seine Verlegenheit verbergen, und kam dann mit dem eigentlichen Grund seiner Einladung zum Kaffee heraus: »Sie können mir glauben, es war nicht meine Idee, Ihnen die Sendung wegzunehmen.«

»Ich habe lange daran zu kauen gehabt,« gab Barbara zu, »aber nach sachlichem Abwägen der ganzen Geschichte bin ich zu dem Schluss gekommen, dass eine so bildhafte Sendung über Land und Leute im Fernsehen besser aufgehoben ist.«

Klaus Mahler nickte erleichtert. »Das lässt sich nicht bestreiten. Schön, dass sie das jetzt auch so sehen. Trotzdem, ich hätte sie ganz gerne an meiner Seite. Sie kennen sich hier aus; da könnten sie mir einige Anregungen geben, vielleicht sogar am Text mitarbeiten.«

Barbara schüttelte den Kopf. »Anregungen geben, ja, gerne, aber sonst muss das schon in einer Hand bleiben, eine Sendung sozusagen aus einem Guss.«

»Schade,« erwiderte Mahler noch, und Barbara spürte, dass er das ernst meinte.

Erleichtert streckte ihr Klaus Mahler die Hand hin. »Ist also alles ok?«

»Okay,« gab Barbara zurück und brachte sogar ein Lächeln zu Stande.

Die Festtage verliefen nicht so, wie Barbara es sich gewünscht hatte. Sie bemühte sich zwar die innerfamiliäre Harmonie aufrecht zu erhalten, aber irgendwie war Mareen von Stimmungen umgetrieben, die es schwer machten, den Streit zwischen den Geschwistern zu vermeiden. Auslöser war wie immer das erfolgreiche Diplom des Bruders, während sie mit ihrem Fernstudium noch nicht an einen Abschluss denken konnte. Dass Sven dann noch darauf anspielte, dass ihr neuer Freund in der Sportredaktion sowohl für ihn als auch für die Mutter bisher unsichtbar geblieben war, goss nur noch Öl ins Feuer.

Sie unterdrückte einen Stoßseufzer der Erleichterung bei der Abreise der Geschwister und gab Ihnen noch auf den Weg, bald wieder anzurufen oder zu schreiben.

Das neue Jahr brachte am Anfang im Gegensatz zu dem vergangen ruhige Wochen und Monate. Barbara genoss auf ihrem Weg ins Studio nach den dunklen Monaten die Morgensonne und das lichte Blau des Himmels, das sich im See widerspiegelte.

Sie freute sich ohnehin auf den heutigen Tag, denn sie erwartete im Sender Leute von einer Studentenband zu einem Gespräch, ehe der Musikredakteur einige ihrer Titel produzieren sollte. Ein Schauspieler sollte dazu noch Texte junger Autoren lesen. Das alles unter dem Titel »Kulturkaleidoskop«, das sich als neue Programmecke durchgesetzt hatte.

Im Studio lief alles nach Plan. Die jungen Leute brachten eine Fülle von Ideen und Vorschlägen mit, die den Rahmen der Sendeminuten sicher sprengen würden, aber Barbara freute sich über ihren Elan und ihre Ursprünglichkeit. Als der Musikredakteur sie zur Aufnahme holte, fehlte nur noch der Schauspieler zum Lesen der Texte.

Er kam ziemlich abgehetzt mit viertelstündiger Verspätung und ließ sich zuerst einmal in den Sessel fallen.

»Was ist los,« wollte Barbara wissen, denn, wenn sie etwas hasste, dann war es Unpünktlichkeit.

»Ich komme gerade von einer Versammlung unseres Betriebsrats,« sagte der Schauspieler, noch um Atem ringend. »Sie wollen unser Schauspieltheater schließen. Rentiert sich angeblich nicht.«

»Und was dann?« fragte Barbara überrascht.

»Gastspiele von größeren Bühnen sollen eingekauft werden. Das heißt für uns, jeder muss sehen, wo er unterkommt.«

Und das waren die Leute, die mit ihren Forderungen geholfen hatten, die Wende einzuleiten, dachte Barbara bitter. Wo bleibt da die Gerechtigkeit. Sollte nur der Kommerz bestimmen, was an Kultur möglich sein würde?

An einem der nächsten Tage führte sie ein Auftrag in eine Versammlung des Kunstvereins, der sich seit Kurzem gebildet hatte. Der Kulturreferent der Stadt würdigte das Anliegen, dass Bürger sich um die neu entstehenden kleinen Galerien kümmern und selbst tatkräftig die Künstler bei Ausstellungen unterstützen.

Nachdem Barbara genug Material für ihren Bericht zusammenhatte, beschloss sie am Ende der Veranstaltung den Kulturreferenten direkt mit der Frage nach der Theaterschließung zu konfrontieren.

Er hörte sie aufmerksam an und strich sich mehrmals nachdenklich über seinen Bart, als überlegte er, wie er auf ihre Fragen reagieren sollte.

»Es ist hart für jeden Einzelnen, wenn eine lieb gewordenen Arbeit auf einmal beendet ist,« sagte er, bedächtig jedes seiner Worte wägend, »aber ich komme aus Nordrheinwestfalen, und dort hat man diese Geschichte, die ihnen hier erst jetzt passiert, schon hinter sich. Haben sie schon einmal gezählt, wie viele Theater, Große und Kleine es bei ihnen im Lande gibt? Von Orchestern ganz zu schweigen. Man war damit sehr großzügig zu DDR-Zeiten, auch wenn man es sich letztlich nicht leisten konnte.«

»Sie haben wohl für alles eine Erklärung,« erwiderte Barbara mit ironischem Unterton, »auch für das Verschleudern unserer Betriebe durch die Treuhand und wohl auch dafür, dass unsere Werften von den Westbetrieben um die Fördergelder betrogen wurden, die man ihnen zugebilligt hatte?«

Der Westfale seufzte, »dass das mit den Werften nicht rechtens war, hat inzwischen, wenn ich richtig orientiert bin, auch die Staatsanwaltschaft auf den Plan gerufen. Aber, was sie von der Treuhand sagen, stimmt nur zum Teil. Wer sollte denn die Betriebe weiterführen, die keine Alimentierung mehr durch den vergangenen Staat erhielten? Und ist ihnen nicht bekannt, dass ihre so genannten »Freunde« es waren, die verhindert haben, dass Hafenkrane zu DDR-Zeiten nach Übersee geliefert wurden, nur weil sie sich zu Billigpreisen selbst damit bedient haben? So konnte man die Wirtschaft auch kaputt machen. Ja und jetzt sind sie in ein Wirtschaftssystem hineingeschlittert, dass alles, was sie bisher wussten, auf den Kopf stellt.«

»Danke für die Lektion,« sagte Barbara sarkastisch.

Als er ihr die Hand gab, spürte sie den freundschaftlichen Druck und sah das Lächeln in seinen Augen.

Sie erzählte Dettendorf von dem Gespräch.

»In gewissem Sinne hat er Recht,« meinte er. »Das Schlimme ist bei allem nur, dass die meisten unserer so genannten Wendepolitiker null Ahnung von der Wirtschaft haben und ebenso wenig von der Politik. Viele üben sich lieber im Kotau vor den Westlern, die uns hier unter die Arme greifen wollen. Dass es unter denen viele ehrlich meinen, bleibt unbestritten.«

Barbara hätte sich gerne noch mehr darüber unterhalten, aber Dettendorf war in Eile und so wollte sie ihn nicht länger aufhalten. Wieder wurde ihr bewusst, wie ihr ein Partner fehlte, mit dem sie sich austauschen konnte, und sie beschloss, nun endlich doch den Vorstoß zu unternehmen, mit den Kindern über Hansen zu reden. Um ihren Entschluss nicht lange hinauszuschieben, rief sie Mareen an und verabredete sich mit ihr zu einem Berlinbummel.

Mareen erwartete sie schon vor der Weltzeituhr am Alex und umarmte sie so überschwänglich, dass Barbara sie erstaunt ansah.

»Gibt es etwas, was du mir erzählen möchtest?«

»Ich habe mich total verliebt,« sagte Mareen und drückte ihre Mutter nochmals an sich.

»Er ist schon ein Jahr länger beim Fernsehen, und er sieht toll aus, sportlich von Kopf bis Fuß.«

»Ist er etwa Sportjournalist?«

»Genau, Mama, und er hat gute Karten beim Chef, Auslandseinsätze und so, und er ist einfach ein süßer Typ.«

Barbara freute sich für ihre Tochter und untersagte sich alle mütterlichen Ratschläge und Fragen, um ihre freudige Stimmung nicht zu stören. Später würde sie dann weitersehen.

Sie bummelten die Linden entlang und hielten am Café Einstein, das für seinen guten Angebote bekannt war.

Als der Cappuccino mit Sahnehäubchen vor ihr stand, dachte Barbara daran, wie sie einmal während eines Urlaubs in Thüringen nur Ersatzkaffee vorgesetzt bekommen hatte. Der Ministerpräsident persönlich hatte die Einfuhr von Kaffe wegen Devisenmangels drastisch eingeschränkt, und nur im Funkhaus in Berlin hatten es die Nachrichtensprecher nach einstimmigem Protest durchgesetzt, dass sie für ihre Nachtarbeit richtigen Bohnenkaffee vorgesetzt bekamen. Sie musste in der Erinnerung daran lächeln, das war auch schon Vergangenheit.

Mareen bemerkte es und sah ihre Mutter fragend an.

»Eigentlich merkt man erst an den Kindern, wie die Jahre vergehen,« ging Barbara auf sie ein, »und ich fühle mich manchmal recht allein. Was hältst du davon, wenn ich mir auch einen Partner wünschen würde?«

»Du?« In dieser Frage klang alles mit, was Barbara als Antwort befürchtet hatte, dass man sie schon zu alt dafür finden würde, dass sie ihren Ex-Mann damit verraten würde, kurzum, dass somit das seelische Gleichgewicht ihrer Kinder gestört werden könnte.

»Ja, ich,« gab sie deshalb nur zur Antwort, um Mareen Zeit zu lassen, darüber nachzudenken.

»Das kommt total überraschend, ich weiß gar nicht, was ich dazu sagen soll,« brachte Mareen verwirrt hervor, »kenne ich ihn?«

»Ein ehemaliger Kollege, der jetzt in Berlin ist.«

Mareen rührte in ihrem Kaffee. Und sie schwieg für lange, quälende Minuten.

»Ändert sich dann etwas für uns?« fragte sie danach.

»Zwischen uns wird sich gar nichts ändern. Und Hansen wird für Euch nichts anderes sein als vielleicht ein Freund, und keiner, der jetzt noch väterliche Ambitionen hat.«

Mareen atmete sichtlich erleichtert auf. »Na dann zeig mir mal ein Foto von dem Typ.«

»Hab ich noch nicht, aber du bist dann damit als erste an der Reihe.«

Als sie sich verabschiedeten, fiel Mareen ihrer Mutter nicht wie sonst um den Hals.

Sie muss sich erst mit diesem Gedanken vertraut machen, beruhigte sich Barbara, es war ja nicht einmal für sie so leicht, sich wieder ein Zusammenleben mit einem Mann vorzustellen.

Als Barbara den Bahnsteig betrat, kam ihr ein Gesicht am Zeitungskiosk bekannt vor. Sie schaute noch einmal genauer hin und nun wurde auch sie erkannt. Herkner winkte und kam auf sie zu.

»Was machen sie denn hier,« fragte Barbara und schalt sich dabei innerlich, dass ihr keine bessere Frage eingefallen war.

»Gute Frage,« sagte Herkner und setzte sein übliches ironisches Grinsen auf. »Vor zwei Jahren hätte ich noch darauf geantwortet, direkt aus dem Knast.«

»Man hatte sie ein gesperrt?«

»Na, wie üblich bei Republikflucht, wussten sie das nicht?«

Barbara geriet in Verlegenheit aber Herkner blieb unverkrampft und meinte nur: »Sie haben ja keine Schuld daran. Sie waren ja die Einzige, die mir die Stange gehalten hat, wenn ich versucht habe, meine nicht konforme Musiklinie durchzusetzen. Habe ich ihnen nicht vergessen.«

Er hat seine unkomplizierte leicht schnoddrige Art nicht verloren, dachte Barbara, zum Glück für ihn. »Sind sie wieder beim Rundfunk untergekommen?«

»Um Gotteswillen!« Herkner lachte. »Wieder sich unter einen Chef begeben und mit mehr oder weniger gut gesonnenen Kollegen Teamwork spielen? Kommt nicht mehr infrage. Habe mich selbstständig gemacht, als DJ. Gibt in Berlin ja mehr als eine Chance, groß rauszukommen.«

»Dann alles Gute für den neuen Weg,« sagte Barbara. Und Herkner, der spürte, wie ehrlich sie das meinte, schloss sie in die Arme. »Alles Gute auch für sie!« sagte er nur.

Am späten Abend, Barbara wollte gerade schlafen gehen, klingelte das Telefon.

»Hallo, Mam, alles ok bei dir?«

»Na klar«, sagte Barbara, »und deshalb rufst du so spät noch an?«

Sie merkte, wie Sven nach Worten suchte, aber dann sagte er gerade heraus: »Mareen hat mich informiert, der zweite Frühling ist bei dir ausgebrochen?«

Barbara musste lachen: »So würde ich das nicht gerade nennen, aber wenn du schon fragst, ich habe einfach keine Lust mit knapp 55 allein durch die Welt zu gehen.«

»Das ist ein Argument,« meinte Sven auf seine trockene Art.

Barbara wusste, dass er, der gewohnt war rationell zu denken, und sich weniger von Emotionen leiten ließ, wie es bei Mareen der Fall war, sicher schneller mit dem Gedanken vertraut machen konnte.

»Wie ist es, wollt ihr ihn kennen lernen zu meinem Geburtstag zum Beispiel?«

»Wenn das dann ohne Familienzusammenführung und ähnlichem sentimentalen Brimborium abläuft, gerne,« gab Sven nach kurzem Überlegen zur Antwort.

»Versprochen,« sagte Barbara und schickte ihm noch einen Gutenachtkuss hinterher.

Als Barbara am nächsten Tag in die Redaktion kam, erzählte sie von dem Zusammentreffen mit Herkner.

»Schön, dass er wieder die Füße auf den Boden bekommen hat,« kommentierte Heike Sommerfeld, die bei den Aufnahmen am engsten mit ihm zusammengearbeitet hat. Das war auch die Reaktion der meisten, nur Dettendorf blieb auffallend schweigsam, und verließ vor allen anderen die Kantine.

Barbara wusste von keinen Animositäten zwischen Beiden und blieb etwas irritiert zurück. Hat jeder seien schlechten Tag, grübelte sie.

Sie rief noch am selben Tag im Synchronstudio bei Hansen an und teilte ihm das Gespräch mit ihren Kindern mit. Als sie auf die Bemerkungen zu ihrem Alter zu sprechen kam, musste er lauthals lachen: »Entschuldige den Ausdruck, aber diese Gören! Ging meinem Kumpel so, mit dem ich jetzt zusammenwohne. Seine Tochter, gerade 17 sprach von ihrem Lehrmeister als einem alten Knacker. Und was meinst du, wie alt der ist?«

»Keine Ahnung?«

»Gerade mal 28. So urteilt die Jugend, also mach dir nichts draus.«

»Keine Spur,« beteuerte Barbara, »und was sagst du zur Einladung zu meinem Geburtstag?«

»Wenn ihr mich einen Tag lang ertragen könnt, dann gerne,« sagte Hansen und fügte noch hinzu, »soll ja mehr so eine Art Besuch für Deine Beiden sein.«

In der nächsten Redaktionssitzung, zu der Herter nach alter Gewohnheit auch die freien Mitarbeiter eingeladen hatte, kündigte er an, dass es eine Überprüfung auf Stasitätigkeit im gesamten Rundfunk geben würde.

»Sie haben ja schon alle eine schriftliche Erklärung abgegeben, aber da nun mehrere Akten dem Rundfunkrat vorliegen, wird genauer hingeschaut werden.«

Von mir aus, dachte Barbara, zugetraut hätte sie solche etwaige informelle Mitarbeit höchstens dem ehemaligen Chef und seinem Günstling dem damaligen Musikredakteur, aber die waren ja beide abgetaucht.

Als Dettendorf an ihre Tür klopfte, war sie freudig überrascht, denn er war ihr, aus welchem Grunde auch immer, in der letzten Zeit aus dem Weg gegangen.

»Von dir will ich mich als Einziger verabschieden,« sagte er bedrückt. »Ich gehe lieber selbst, ehe man mich hinausschmeißt.«

»Weshalb denn das?« fragte Barbara erstaunt.

»Als du mir erzählt hast, dass Herkner hier wieder aufgetaucht ist, war mir klar, dass ich nicht länger beim Sender würde bleiben können. Ich habe damals die staatlichen Organe informiert, dass er abhauen will.«

Barbara sah ihn entgeistert an: »Hast du ihn etwa schon im Vorfeld verdächtigt, dass er nach dem Westen gehen will und deshalb angezeigt?«

Dettendorf nickte nur und wich ihren Augen aus.

Die ganze Enttäuschung brach aber jetzt aus Barbara heraus: »Gerade du, der sich doch so für den Neuanfang nach der Wende eingesetzt hast und dafür, dass das, was gut war, erhalten bleibt?«

»Das war auch mein ehrlicher Wille,« beteuerte Dettendorf mit Nachdruck. »Genauso, wie ich damals ehrlichen Herzens verhindern wollte, dass Leute unseren Staat verraten, und Herkner war so ein Wackelkandidat.«

»Dass du damit in Kauf genommen hast, dass Herkners Existenz zugrunde gerichtet worden wäre, hätte es die Wende nicht gegeben, das hast du in Kauf genommen?«

»Das war Klassenkampf, wie man uns das beigebracht hat. Wer nicht für uns ist, der ist gegen uns.«

»Und wen hast du noch angezeigt, mich auch?«

»Dann wäre ich jetzt nicht zu dir gekommen,« sagte Dettendorf, »und wenn ich etwas gelernt habe, leider zu spät, dass das uns damals vorschwebende Ziel von sozialer Gerechtigkeit und Frieden nicht die Mittel rechtfertigt, mit denen man es zu erreichen sucht.«

Barbara wusste nicht, was sie darauf erwidern sollte. Die Enttäuschung war zu groß.

Er gab ihr nicht die Hand als er ihr Zimmer verließ, wohl wissend, dass sie seinen Händedruck nicht hätte erwidern können.

Barbara erinnerte sich einer kleinen Schrift, die sie sich gleich nach der Wende in Westberlin gekauft hatte. Ein Rechtsanwalt aus dem Osten hatte darin über den »Vormundschaftlichen Staat« namens DDR geschrieben, der ausgehend von der »Fürsorge« für alle Menschen in der DDR nach dem Motto gehandelt hatte »und bist du nicht willig, dann brauch ich Gewalt«. Sie dachte bitter, wer nicht gegen den Stachel löckte, dem kam diese Erkenntnis, dass »Fürsorge« leicht in Diktatur übergehen konnte, erst spät.

Dass Dettendorf von einem Tag zum anderen verschwunden war, ließ die Gerüchteküche in der Redaktion brodeln. Herter sah sich diesmal offensichtlich nicht veranlasst, alles auszusitzen, sondern eröffnete auf der nächsten Sitzung, dass Dettendorf sich höheren Orts zu seiner Stasivergangenheit zu verantworten hätte. Barbara sah, wie sich auf den meisten Gesichtern Enttäuschung abspielte. In das aufkommende Stimmengewirr sagte Herter nur noch in seiner trocken sachliche Art: »Über eines kann ich sie beruhigen, es liegen keine weiteren belastenden Akten über das Redaktionskollektiv vor.«

Die Nachricht von Dettendorfs Abgang zog weitere Kreise, als sich Barbara gedacht hatte

Ruth Freitag rief an »Da haben sie bei der ersten Überprüfung für ihre Kollegen die Hand ins Feuer gelegt, und dann ist da einer, der sie hinterging. Das muss sie schmerzen.«

»Ich kann es nicht leugnen,« erwiderte Barbara. »Schlimmer ist, dass man sich so hilflos und ausgeliefert fühlt, wenn Geheimdienste im Spiel sind.«

»Ich kann sie verstehen,« sagte Ruth Freitag, »und dennoch ist das heute anders als damals, und ich möchte sie einfach darin bestärken, an die Demokratie zu glauben.«

»Auf das Glauben lasse ich nicht mehr ein,« gab Barbara zurück, »ich muss sie fassbar, und zwar im täglichen Leben fassbar, erleben können.«

»Dann kommen sie doch mal wieder bei mir vorbei,« sagte Ruth Freitag, »Es hat sich etwas getan, in unserer gemeinsamen Aktion für die Aborigines.«

Als Barbara an der Tür des kleinen Einfamilienhauses klingelte, öffnete ihr ein hochgewachsener Mann mit dunkler Hautfarbe. »Frau Redmann?« sagte er in gutem Deutsch. Barbara nickte. »Kommen sie herein,« rief Ruth Freitag aus der Wohnstube, wo sie einen kleinen Willkommenstrunk bereithielt.

»Das ist Johannes, vom Bürgerkomitee der Aborigines,« stellte Ruth Freitag ihn vor. »Es heißt dort zwar anders, aber es entspricht diesem Begriff, der auch bei uns Einzug gefunden hat.«

»Sie also sind die Frau, die uns geholfen hat, unsere Meinung zu verbreiten?« sagte Johannes und küsste Barbara die Hand. »Wir danken ihnen von Herzen. Mit den Veröffentlichungen hat es einen weiteren Anstoß dafür gegeben, dass wir mehr Rechte erhalten.«

»Danken sie lieber Frau Freitag,« sagte Barbara und stieß mit ihren Gastgebern an.

»Auf eine hoffentlich noch bessere Zukunft für sie,« sagte sie.

Ruth Freitag zeigte ihr eine australische Zeitung. »Hier wurde massiv auf die Ausstrahlungen des deutschen Senders reagiert. Und die Opposition hat alle Regler gezogen, um der Regierungspartei damit eins auszuwischen. Mit einem ersten Erfolg. Man beschäftigt sich im

Kabinett damit.«

»Und das ist, was sie unter Demokratie meinen?« »Nur wenn man Mehrheiten gewinnen kann, setzt man sich durch, und wenn sie wollen, auch das ist eine Spielregel der Demokratie,« sagte Ruth Freitag. »Presse und Rundfunk sind dabei als vierte Macht im Staate von nicht unbeträchtlicher Bedeutung. So haben wir von außen ein Stück erreicht, was wir selbst im Land nicht tun konnten.«

»Wollen sie denn wieder ins Outback zurück?«

Ruth Freitag schüttelte den Kopf. »Inzwischen haben sich Leute zusammengefunden, die mit sehr viel Mut und Tatkraft ihre Vorstellungen durchsetzen können. Und ich glaube,« sie lächelte ein wenig dabei, »inzwischen werden mein Mann und ich hier auch gebraucht.«

Barbara war froh, dass sie erfahren konnte, welche Wirkung die gemeinsame Aktion gehabt hatte. Am liebsten hätte sie ihrem Ex Mann davon erzählt, aber als sie am Abend anrief, meldete sich niemand.

Sie wollte sich gerade zu Bett legen, da klingelte die Nachbarin bei ihr. »Ich konnte sie nicht erreichen, tut mir leid, dass es so spät geworden ist, aber morgen in aller Frühe verreisen wir. Könnten sie in den nächsten vierzehn Tagen mal bei uns die Blumen gießen? Wir fahren zu meiner Schwester in den Schwarzwald.«

»Na klar,« versicherte Barbara, »gönnen sie sich mit ihrem Mann ein bisschen Erholung, ihre Arbeit ist ja auch nicht die leichteste.«

»Unsere Arbeit?« sagte die Nachbarin und musste gegen die aufkommenden Tränen schlucken, »mein Mann ist seit gestern arbeitslos. Der Betrieb hat zugemacht, und ob er mit 55 noch irgendwo eine Stelle kriegt, glaube ich nicht. Das ist vielleicht für längere Zeit die letzte größere Fahrt, die wir uns leisten können.«

Barbara wusste nicht, was sie erwidern sollte. Als sie den Wohnungsschlüssel an sich nahm, sagte die Nachbarin nur noch bitter: »So ist das nun. Jetzt könnten wir überall hinfahren, aber jetzt reicht das Geld nicht.«

Am nächsten Tag stellte Herter der Redaktion den neuen Nachrichtenredakteur vor.

»Der NDR hat schnelle Hilfe geleistet,« sagte er. »Renate Oldenburg wird in der nächsten Zeit hier arbeiten.«

Barbara musterte die junge Frau mit dem blonden Zopf, der ihr den halben Rücken hinabhing. Ein hübsches Mädchen, dachte sie. Wenn sie ebenso tüchtig und kooperativ ist, könnte das nur gut sein.

Renate Oldenburg, die den Tag ihres Arbeitsantritts damit verbrachte, sich den Einzelnen vorzustellen, zeigte sich über den Besatz der Redaktion erstaunt, wie sie zu Barbara sagte, als sie ihr Zimmer betrat.

»Das ist wohl eine der Besonderheiten bei uns hier,« versuchte Barbara zu erklären, »dank unserem Chef hängt unser alter Stamm irgendwie noch zusammen, auch wenn fast alle freie Mitarbeiter sind.«

»Das wäre bei uns in Hamburg nicht möglich,« sagte Renate Oldenburg. »Da fliegt jeder je nach Arbeitsaufgabe ein und man sieht sich oft einen Monat lang nicht.«

»Und das Profil des Senders, wie erhält man das?«

»Darauf achtet schon unser Chefredakteur, der hält uns zwar an der langen Leine, aber die Leine kann er manchmal auch ganz schön anziehn.« Oldenburg lachte. »Mal sehn, wie das bei ihnen sein wird.«

Die männlichen Mitglieder der Redaktion waren von dem Neuzugang mehr als angetan. Barbara dachte belustigt, sie umschwirren sie wie die Motten das Licht. Renate Oldenburg aber zeigte sich unbeeindruckt und bewies dafür jeden Tag, dass Herter mit ihr als versierter Nachrichtenfrau einen guten Griff getan hatte.

Herter hatte wieder einmal zu einer Redaktionssitzung auch die freien ehemaligen Mitarbeiter eingeladen. »Ich möchte sie davon informieren,« sagte er mit belegter Stimme, »dass Dettendorf, nicht zur Aussprache in die Personalstelle gekommen ist. Er hat Selbstmord begangen.«

Minutenlanges Schweigen herrschte in der Redaktion, dann sagte Barbara: »Er war noch einer von den ehrlich Überzeugten und konnte mit seiner Schuld nicht leben.«

»Und hat sich seiner Verantwortung entzogen,« erwiderte Herter kalt. In ihrer Betroffenheit konnte Barbara Herter nur zustimmen.

Barbara gab sich in den nächsten Tagen eine Auszeit. Sie wanderte am Seeufer entlang, wann immer sie konnte, und beobachtete die

Reiher, die wie Standfiguren auf den Gehölzen in den Einbuchtungen standen. Ein leichter Dunstschleier lag über dem See, der nur ab und zu von einem Windstoß zerstreut wurde. Das leise Rascheln der Blätter und der frische Seegeruch lösten den Druck in ihrem Kopf und vertrieb ihre trüben Gedanken. Vielleicht ist es besser, sich künftig aus allen Problemen herauszuhalten, überlegte sie, aber sie wusste im Grunde, dass ihr das nicht möglich sein würde.

Die Vorbereitung auf neue Sendeaufgaben war schwieriger, als sie anfangs gedacht hatte. Sie malte gedankenverloren Männchen auf das Papier mit ihren Konzeptionsentwürfen. Warf sie enttäuscht wieder in den Papierkorb und holte sie nach einer unruhig geschlafenen Nacht wieder heraus. Ihr war eine Eingebung gekommen. Ja, das war es, sie könnte schreiben, Theaterrezensionen und Vorschauen auf Filme.

Um die Sache nicht auf die lange Bank zu schieben, meldete sie sich bei Herter an.

»Sie trauen sich das zu?« fragte er und sah sie erstaunt an.

»Ja,« sagte Barbara ohne zu zögern. »Unser Studium war multifunktional und ich habe neben Journalismus auch noch das Fach Kulturwissenschaften belegt.«

»Na dann,« meinte Herter, »mach ich mal bei der nächsten Direktorenkonferenz den Vorschlag und mal sehen, ob das in unsere Programmstruktur passt.«

Er passte. Als Herter ihr die Mitteilung machte, war sie selbst darüber erstaunt, sie hatte sich darauf eingestimmt, um ihre Idee kämpfen zu müssen.

»Worauf sie sich da eingelassen haben, ist Ihnen hoffentlich bewusst,« sagte Herter noch. »Das heißt für den Rundfunk als schnelles Medium, noch nach der Theaterpremiere die Rezension zu schreiben und zu sprechen.«

Barbara nickte.

»Stimmt,« fügte Herter noch hinzu, »sie haben ja keine kleinen Kinder mehr, die sie beaufsichtigen müssten. Also dann, Start im nächsten Monat, dann haben sie noch vier Wochen Zeit für die Vorbereitungen.«

Am Wochenende erzählte sie Gregor von ihrem neuen Vorhaben.

»Was Mitschnitte von den neusten Filmen anbetrifft, da kann ich dir helfen,« sagte er, »meine alten Verbindungen zur Filmszene gibt es noch, und die liefern dir gerne Werbematerial, ist ja ihr Job. Für die Vorschau müsstest du dir allerdings schon den ganzen Film anschauen, den du empfehlen willst, denn den Werbetexten kannst du nicht immer trauen.«

»Das heißt, ich müsste des öfteren zum Vorschaukino nach Berlin pendeln?«

»Sicher!« Hansen lachte, »Und vielleicht bleibst du dann doch einmal ganz da!«

Barbara schüttelte den Kopf. »Da ist ja noch die Theaterkritik und das Theater ist hier.«

»War da nicht mal die Rede davon, dass es geschlossen wird?«

»Die Landesregierung hat sich mal dafür eingesetzt, dass es in der Oberhoheit von Land und Stadt bleibt. Nicht wie beim Rundfunk, den sie ja leichten Herzens einer andere Zuständigkeit überlassen haben.«

Hansen nahm Barbara in den Arm. »Du schaffst es schon, auch wenn nicht alles so aufging, wie du es dir gedacht hast. Ich habe ja auch von manchen Träumen Abstand nehmen müssen.«

Als ihr Geburtstag herangekommen war, befiel Barbara Besorgnis, wie das erste Zusammentreffen zwischen Hansen und ihren Kindern ausfallen würde.

Die Zwillinge kamen mit einem riesengroßen Blumenstrauß und begrüßten sie mit einem zweistimmigen Happy Birthday. Barbara schossen vor Freude die Tränen in die Augen. »Endlich sind wir mal wieder für ein paar Stunden zusammen,« sagte sie und nahm beide in die Arme.

Als sie dann am festlich gedeckten Tisch zusammensaßen, Geschenke hatte sich Barbara verbeten, weil jeder der beiden noch an seiner Existenz zu knabbern hatte, fragte Sven unvermittelt: »Wo bleibt er denn nun, dein Lover!«

»Den Jargon kannst du dir für Deine Studenten sparen,« brachte Barbara entrüstet hervor, »akzeptiert ihn als Freund oder gar nicht.«

Mareen stieß Sven an: »Mal wieder voll ins Fettnäpfchen getreten!«

Wie auf's Stichwort hörten sie, wie sich die Haustür öffnete und schließlich Hansen eintrat.

Er hatte sich so salopp wie immer gekleidet, um nicht den Anschein des Besonderen hervorzuheben und grüßte deshalb auch leichthin mit einem »Na, da komme ich ja richtig zum Kaffeetrinken.« in die Runde.

Mareen musterte ihn nahezu aufdringlich. So sportlich schlank hatte sie ihn sich nicht vorgestellt. Sven dagegen quälte sich ein verlegenes Lächeln ab, als Hansen sich zu Barbara beugte und sie auf die Wange küsste.

Der duftende heiße Kaffee enthob sie weiterer Worte und, wie um ein Gespräch auch weiterhin zu umgehen, stopften sich die Zwillinge ein Stück Kuchen nach dem anderen in den Mund. Als die Tafelrunde aufgehoben wurde, schlug Barbara vor: »Wir könnten auf dem Hof ja zusammen noch ein bisschen Tischtennis spielen, damit alles bis zum Abendbrot gut verdaut ist.« Beim Spiel kommen sie sich vielleicht noch eher näher, als wenn sie wie die Ölgötzen am Tisch sitzen und einer auf das Wort vom anderen wartet, war ihre Überlegung.

Ihre Taktik schien aufzugehen. Mareen und Gregor erwiesen sich als gut funktionierendes Doppel und gegen Sven war es fast ein Kinderspiel zu siegen.

»Und darauf einen Dujardin," sagte Mareen ein wenig triumphierend, als sie sich wieder in der Stube versammelt hatten.

»Ehre wem Ehre gebührt,« meinte Hansen und stieß mit der Runde an.

Ob man beim Spiel vor dem Netz den Ball besser anschneiden sollte, um den Gegner zu frustrieren oder nicht, bildeten dann das Gesprächsthema, das vor allem Mareen mit Eifer betrieb. Sie versuchte auch Sven damit auszustechen, was Hansen offensichtlich nicht gefiel.

»Ist doch nur ein Spiel,« meinte er. Mareen warf ihm einen bösen Blick zu. Sie fand sich von seiner Bemerkung bevormundet und gab ihm keine Antwort darauf.

»Besser ein fairer Verlierer sein als einer, der keine Niederlage verkraften kann,« sagte Sven und reichte Mareen über den Tisch die Hand. »Alles wieder ok?«

Aber sie schwieg weiter.

Hansen verabschiedete sich nach dem Abendbrot. »Ich lass Euch mal allein, es gibt sicher vieles, was ihr miteinander zu bereden habt.«

An der Haustür meinte Barbara zum Abschied, »ist nicht ganz einfach mit großen Kindern.«

Hansen zögerte mit der Antwort und sagte dann: »Für mich besonders, weil ich nicht weiß, wie man mit großen Kinder umgehen muss.«

»Vielleicht regelt die Zeit da Einiges,« entgegnete Barbara nicht gerade beruhigt und verabschiedete sich von ihm.

Merkwürdigerweise drehte sich das Gespräch, nachdem Hansen sie alleingelassen hatte nicht um seine Person. Nur einmal fragte Sven nebenbei, »wollt ihr zusammen ziehen? Er hierher oder du nach Berlin?«

»Das ist noch nicht ausgemacht,« sagte Barbara, und dass die Zwillinge das hinnahmen, täuschte sie darüber hinweg, dass der Familienfrieden wieder hergestellt sein könnte.

Die nächsten Tage und Wochen vergingen, ohne dass der Alltag durch besondere Ereignisse durchbrochen worden wäre. Das hartnäckige Beharren Hansens auf ein gemeinsames Heim in Berlin, brachte Barbara allerdings immer mehr in Gewissenszwänge.

Sie saß gerade über einer Vorschau über die Theaterereignisse der nächsten 4 Wochen, als sie einen Anruf ihrer Tochter erhielt.

»Ich weiß nicht mehr weiter, Mama,« hörte sie Mareen sagen, und ihre heisere Stimme unterstrich die Verzweiflung, die aus ihren Worten sprach.

Barbara zwang sich dazu ruhigen Kopf zu bewahren und beschränkte sich auf das Zuhören, ohne die Wortflut, die sich jetzt Bahn brach, zu unterbrechen. Während Mareen wieder und wieder ihre Klagen wiederholte, resümierte Barbara im Stillen, es war die alte Geschichte, das Mädchen war schwanger, der Mann war nicht geneigt, Verantwortung zu übernehmen, und nun war sie auf sich gestellt.

»Hör mal,« unterbrach sie deshalb, als Mareen innehielt, »das ist eine furchtbar traurige Geschichte und du musst dir nun klar werden, was du willst. Willst du das Kind, dann musst du Deine Lebensplanung umstellen, und wenn ich kann, helfe ich dir.«

Sie merkte, wie Mareen von Schluchzen unterbrochen nachdachte. Deshalb schob sie noch eine Frage nach »Ist das der Sportsmann, von dem du mir mal erzählt hast?«

Heftiges Weinen am anderen Ende der Leitung bestätigte ihre Vermutung.

»Und er will das Kind nicht oder hat er dich auch aufgegeben?«

»Er geht nach München in die Sportredaktion,« brachte Mareen stokkend heraus, »da wäre ich ihm nur ein Klotz am Bein, und schon gar mit Kind.«

»Dann vergiss ihn,« sagte Barbara hart, »er ist es nicht wert, dass du dir einen Kopf darum machst.«

»Das sagst du so.« Mareen begann wieder zu weinen. »Und das Kind?«

»Das macht es nicht leichter,« gab Barbara zu, »das ist eine Herausforderung für dich. Unternimm nichts Unüberlegtes; wir können über alles reden.«

Die Zeit und Lust zum Reden hatte Mareen aber nicht und ihre Mutter hörte, wie sie schnaubte und die letzten Tränen herunterschluckte.

Barbara zwang sich ihre Arbeit zu Ende zu bringen, zu viele Gedanken gingen ihr durch den Kopf. Mareen teilte sich noch ein Zimmer mit einem Mädchen aus dem Sender in der Nähe des Funkturms. Wohnungen gab es nur im Osten der Stadt, und auch dort nur hatte man die Krippen und Kindergärten aus DDR Zeiten erhalten. Das bedeutete Wohnungswechsel mit allem was, dazu gehörte. Solange das nicht perfekt war, überlegte sie, konnte sie die Wochen vor der Entbindung auch bei ihr zuhause wohnen.

Als sie am Abend Hansen anrief, um ihm mitzuteilen, dass ein Treffen am Wochenende nicht möglich sei und sie nannte ihm die Gründe dafür, reagiert er zunächst einmal mit Schweigen.

»Das wirst du doch einsehen?« fragte Barbara deshalb nach.

»Gewiss,« sagte er zögernd und fügte dann noch ein wenig bitter hinzu, »damit bist du ja auch aus deinem Dilemma heraus, was unser gemeinsames Zuhause anbetrifft.«

»Es wäre doch nur für ein halbes Jahr insgesamt.«

»Ein halbes Jahr und noch einmal ein halbes Jahr, ich bin nicht der Mann, den man auf die lange Bank schieben kann. Liebst du mich oder liebst du mich nicht,« sagte er zunehmend zornig werdend. »Für mich gehört dazu, dass man morgens zusammen aufwacht, dass da Heim und Geborgenheit da ist. Länger ertrage ich das nicht, was du da mit mir veranstaltest.«

»Hallo,« versuchte Barbara noch einmal ins Gespräch zu kommen, aber er hatte den Hörer aufgelegt.

Auch das noch, begriff sie.

Als sie am Abend zur Ruhe gekommen war, klangen ihr noch seine Worte im Ohr: »Liebst du mich oder liebst du mich nicht.«

Ja, liebte sie ihn wirklich? War es nur das lang unterdrückte Bedürfnis nach Zärtlichkeit, nach dem Austausch gemeinsamer Gedanken, was sie schon im Sender zusammengeführt hatte? Reichte das für ein Leben aus? Und sein sehnlicher Wunsch nach einem Heim, nach Geborgenheit, lag da nicht nahe, dass sie wieder ein Stück ihrer Unabhängigkeit würde opfern müssen? Wie weit oder wie eng würden da die Grenzen gesteckt sein, wenn sie einmal zusammen wären? War seine Ehe nicht vielleicht auch daran gescheitert, dass er die Dominanz seiner Frau, wie er es bezeichnete, nur deshalb so empfand, weil er eine starke Frau neben sich oder gar als Chefin über sich nicht mit seinem Männer-EGO akzeptieren konnte? Bislang hatte sie in ihrer Beziehung nichts davon wahrnehmen können. Kunststück, überlegte sie mit wachsendem Unwillen. Immerhin war sie bislang immer in einer abhängigen Stellung gewesen. Da konnte sich diese unwiderstehliche Anziehungskraft, die sie wohl beide für einander empfunden hatten, leichter entfalten. Sie spürte, dass sie allmählich ungerecht wurde. Lassen wir alles erst einmal auf uns zukommen, besann sie sich wieder.

Als sie am nächsten Tag die Dramaturgin des Theaters aufsuchen wollte, um eine Leseprobe des neuen Stückes zu erhalten, stand sie vor verschlossener Tür.

»Frau Dührsen ist fristlos entlassen worden,« sagte ihr die Sekretärin im Intendanzbüro und zuckte bedauernd die Schultern, »Stasiverstrickungen, und das hat sie verschwiegen.«

»Und wenn sie es bei der Überprüfung gesagt hätte, wäre sie dann geblieben?«

»Wohl kaum.«

Barbara ließ sich das Lesestück geben und verließ bedrückt den Raum. Sie hatte die junge Frau gemocht, die damals an den Demonstrationen der Wendezeit teilgenommen hatte und mit Akribie Stücke für den Spielplan aussuchte, die ein großes Publikum fanden. Auch ihre Bearbeitung von Bizets Carmen die sie noch vollenden konnte, versprach eine interessante Aufführung zu werden, wie Barbara nach kurzem Lesen herausfinden konnte. Sie ging mit einigen Erwartungen zur Premiere. Als sie ihren Presseplatz einnahm, legte ihr jemand die Hand auf die Schulter. Sie blickte sich unwirsch um. Es war der Schauspieler, dem sie die Lesung in ihrem Kulturmagazin übertragen hatte.

»Sie halten also dem Theater die Treue?« meinte er und setzte sich neben sie.

»Es ist mein Beruf und meine Vorliebe,« antwortete Barbara ein wenig erstaunt über seine Annäherung.

»Sie werden heute wohl enttäuscht sein, denn das ist nicht mehr Carmen, was man hier zeigt,« bemerkte er ironisch.

»Warten wir's ab,« konterte Barbara mit Distanz in der Stimme.

Wie immer nahm sie die kraftvolle Ouvertüre gefangen und sie freute sich schon darauf, die bekannten Arien zu hören. Als sich der Vorhang öffnete, agierten vor dem minimalistischen Bühnenbild junge Mädchen in moderner Bekleidung. Und die Dragoner, von denen einige mit knatterndem Motorrad auf die Bühne fuhren, konnte man höchstens mit viel Fantasie als Vertreter der spanischen Guardia civil einordnen. Nur Carmen trug das Kostüm spanischer Zigeunerinnen und beherrschte mit ihrem Auftritt die Szene.

»Habe ich es Ihnen nicht gesagt, das ist nicht mehr Bizet!« wandte sich der Schauspieler in der Pause an Barbara.

»Man hat das Stück bei seiner Uraufführung 1875 in Paris ausgepfiffen, weil die Musik damals als zu modernistisch empfunden wurde,« brachte Barbara an, »und es ist meiner Meinung nach legitim, wenn der Inhalt trotzdem gewahrt bleibt, dass ein Theaterstück, gleich von wem, in die Gegenwart versetzt wird.«

Der Schauspieler wandte sich enttäuscht ab.

Barbara genoss die Aufführung, und es fiel ihr leicht, danach eine Rezension zu schreiben, die auch die widersprüchlichen Momente, die im Publikum in den Pausen diskutiert wurden, berücksichtigte.

Auf das Echo, dass sie im Sender darauf erwartete, war sie allerdings nicht gefasst.

Herker rief sie noch vor der Redaktionssitzung zu sich.

»Der NDR nimmt ihre Rezension in sein Abendprogramm,« sagte er. »Endlich mal eine fundierte Aussage zu neuen Auffassungen in der Theaterwelt, meinten sie in Hamburg. Gratulation!«

Entgegen seiner sonstigen Zurückhaltung überzog ein zufriedenes Lächeln sein Gesicht.

»Mecklenburg ist eben nicht tiefste Provinz, wie manche denken. Zeigen wir's ihnen.«

Barbara musste lachen. »Die Großstadtüberheblichkeit ist also noch nicht ausgestorben?«

»Keinesfalls,« ging Herter auf sie ein. Dann aber machte er wieder sein Dienstgesicht und rief die Redaktion zur Sitzung zusammen.

Barbara spielte mit dem Gedanken, ob sie mit dieser für sie so erfreuliche Nachricht ihre Tochter ein wenig würde aufmuntern können, und als sie zuhause war, überlegte sie nicht mehr lange, sondern rief an.

Es war, als ob Mareen schon darauf gewartet hätte und, ganz in ihrer gewohnten Lebendigkeit, sehr zur Verwunderung ihrer Mutter nach dem vorhergehenden »Fast Nervenzusammenbruch«, erklärte sie, dass ihr Vater ihr bei der Wohnungssuche behilflich war. Es würde zwar noch etwas dauern, aber bis dahin konnte sie noch in ihrer WG mit den anderen Mädchen aus dem Sender wohnen.

Da hat er wieder mal an seinen umfangreichen Beziehungen gedreht, die offensichtlich immer noch funktionieren, dachte Barbara, und der rasche Gemütswechsel ihrer Tochter, als gäbe es nun überhaupt keine Probleme mehr, beunruhigte sie mehr, als dass sie erleichtert war.

»Und was glaubst du,« fuhr Mareen in ihrem Bericht fort, »wen ich getroffen habe, als ich mit Papa bei der Wohnungswirtschaft war?« Sie legte eine Kunstpause ein, sichtlich gespannt darauf, wie ihre Mutter wohl reagieren würde. »Deinen Freund Gregor Hansen. Er hat sich auch eine Wohnungseinweisung geholt.«

»So,« brach es aus Barbara nur heraus.

»Seid ihr nicht mehr zusammen?« Fast ein Frohlocken klang aus ihrer Frage heraus.

»Ich will nicht nach Berlin ziehen,« erwiderte Barbara ein wenig stockend, »und er braucht schließlich eine Bleibe, wenn er dort arbeitet.« Während sie das sagte, überdachte sie gleichzeitig, dass das wohl die beste Lösung für sie beide sein würde, wenn es sie auch kränkte, dass er nach dem abrupten Abbruch des Telefonats nichts mehr von sich hatte hören lassen. Jetzt musste er den ersten Schritt gehen.

Nachdem vorerst das befürchtete familiäre Chaos ausgeblieben war, das Mareen mit ihren Problemen ausgelöst hatte, musste sie sich wieder um ihre weiteren Sendevorhaben kümmern.

Als sie sich bei Herter anmelden wollte, übergab ihr die Sekretärin stattdessen einen Brief des Chefs. Er kündigte ihr an, dass die nächsten beiden Abendsendungen nicht stattfinden könnten, da der Platz für die aktuelle Wahlberichterstattung benötigt werden würde.

Schade, dachte sie, und wollte noch einige Details zu ihrer Filmvorschau aushandeln, aber in der Redaktion war kaum jemand ansprechbar, es ging um die Vorbereitung des Wahlsonntags und der Wahlpartys, von denen man senden wollte. Eine Entscheidungswahl sollte es sein, wenn man den Umfragen glauben konnte, und eine alteingesessene Regierungsmannschaft würde wohl gehen müssen.

Am Abend sah sie sich auch noch einmal die Liste der Kandidaten genauer an. Was den Landtag anbetraf, konnte sie sich eher ein Bild machen. Zu ihrer Überraschung fand sie hier auch den Namen Ruth Freitag unter der Liste der freien Wählervereinigung wieder. Wenn wählen, dann sie, war Barbaras Überlegung, bei manchen anderen hatte sie dagegen Zweifel.

In ihr Nachdenken hinein kam ein Anruf ihres Sohnes.

»Wen würdest du mir denn empfehlen,« überfiel sie ihn mit ihrer Frage nach der Wählbarkeit von Kandidaten?

»Check mal selber ab, wer unserem Land mehr Geltung verschaffen will, im Inneren, wie im Äußeren, in Europa zum Beispiel, denn das ist eine der ersten Garantien für ein Leben mit Zukunft,« agitierte Sven mit Nachdruck.

»Du bist offenbar immer noch so engagiert,« fragte Barbara, »obwohl dein Professor vom Neuen Forum inzwischen auch ganz schön still geworden ist. Ein Pfarrer, der eigentlich für mich ein Garant für ein neues Land war, hat sich aus dem politischen Leben zurückgezogen. Und auch aus Eurem schönen Vorhaben, eine neue Nationalhymne für ein neues Land zu schaffen, ist nichts geworden.«

»Das weiß ich alles,« sagte Sven, und sie hörte wie er zunehmend ärgerlich wurde. »Auch unsere Leute vom Neuen Forum haben sich vielfach umorientiert, sind in Parteien gegangen, weil sie dort angeblich mehr ausrichten könnten, vielleicht, ich weiß nicht. Eines aber habe ich inzwischen begriffen, dass Umwälzungen in Größenordnung, wie sie sich nicht nur bei uns vollziehen, sondern in den Anfängen auch im alten Westen, die brauchen leider ihre Zeit. Quantität und Qualität, du hast auf der Uni doch auch mal Dialektik gehabt.«

Barbara wollte gerade zustimmen, als Sven schon weitersprach. »Übrigens, das mit der Quantität, die einmal, weiß ich wann, auch in eine neue Qualität umschlagen wird, gehört ja auch zu unserem Fachbereich Physik, und damit komme ich zu der Neuigkeit, weshalb ich dich anrufe.« Er machte eine Kunstpause, wie immer, wenn er seine Mutter auf die Folter spannen wollte und sagte dann: »Einige Wissenschaftler an unserem Institut haben die Möglichkeit, ihre Kenntnisse auf dem Gebiet der Halbleitertechnik in Silicon Valley in den USA zu erweitern.«

»Und?« fragte Barbara.

»Ich bin mit meinem Doktorvater mit ausgewählt worden, weil man jungen Leuten dort mehr Chancen gibt als hier.«

»Sag das noch einmal!«

»Es ist so, ich hätte es beinah auch nicht geglaubt, dass das möglich ist.«

Es war an Barbara, jetzt sprachlos zu sein.

»Was sagst du dazu?« drängte Sven auf eine Antwort.

»Ich kann dir nur von Herzen Glück wünschen,« brachte Barbara schließlich hervor.

Amerika, dachte sie, als er aufgelegt hatte, davon hatte sie einmal als Kind geträumt.

Wie heute entsann sie sich noch des einschneidenden Erlebnis, als im April 45 der Postbote in ihre Straße geradelt kam und so laut er konnte rief, »die Amis sind schon am Nordbahnhof.« Barbara verstand damals die Ängste ihrer Eltern nicht und war nur neugierig. Als es dann an die Tür klopfte, rannte sie hinaus und zu ihrer Verwunderung standen zwei große schlaksige Burschen in fremden Uniformen vor ihr.

»Are soldiers. here?« fragten sie, und obwohl sie nur sinngemäß die Frage verstand, schüttelte sie den Kopf.

»Oh the girl speaks English?« freuten sich die beiden und gaben ihr ein blattdünnes silbernes Briefchen; ihr erstes Kaugummi, wie sie später wusste. Dann und gingen sie unbekümmert von Wohnung zu Wohnung, Sie hatten kaum etwas zu befürchten, denn die Stadt war kampflos an die amerikanischen Truppen gefallen.

Da sich unmittelbar neben dem Mietshaus, in dem Barbaras Eltern wohnten, Kasernen befanden, zogen hier auch die fremden Soldaten ein. Die Frauen der Straße wurden befragt ob sie den Unteroffizieren die Wäsche waschen und bügeln würden, im Austausch gegen Schokolade und Kaffee, Raritäten, wie es sie schon lange nicht mehr gegeben hatte. Der Unteroffizier, für den Barbaras Mutter wusch, sprach gebrochen deutsch, und er interessierte sich für Barbaras Märchenbücher. Wie sich herausstellte, war er im Zivilberuf Verleger für eine

Kinderzeitschrift.

»Zu wenig Bilder,« monierte er. »Meine Tochter, so alt wie du,« erzählte er und zeigte ihr ein Bild mit einem blonden Mädchen auf einem Pony. Jedes mal, wenn er seine Wäsche brachte, berichtete er ihr mehr von seinem Haus in Oregon. Und die Bilder von den hübsch gekleideten Mädchen, die in ihrem Klub Fotos von Filmstars sammelten, waren wie eine neue Welt für Barbara. In den späteren Jahren waren diese Bilder fast aus ihrem Gedächtnis verschwunden und die offizielle Meinung in der DDR über das in Waffen starrende Land taten ein übriges dazu. Ein paar der bunten Illustrierten, die ihr Sergeant Orander geschenkt hatte und zwei Beatles Platten hatte sie sich aus der Zeit ihrer Jugendschwärmerei herübergerettet.

Und jetzt war dieses ferne Amerika sozusagen bald erreichbar für Sven.

Sie schüttelte über sich den Kopf, dass sie als gestandene Frau, noch solche romantischen Erinnerungen aus der Mottenkiste hervorgeholt hatte. Aber, was half es, ein bisschen Sehnsucht in eine andere Welt aufzubrechen, blieb.

Die Wahlpartys waren vorbei und der Alltag kam wieder zu seinem Recht. Bei einer der nächsten Redaktionskonferenzen rief Herter Barbara zu sich und gab ihr eine Einladung zu einem Symposium über das Theater der Gegenwart.

»Es könnte nicht schaden, wenn sie mal hören, was die Tendenz bei den Inszenierungen von Klassikern ist,« sagte er. »Da gibt es wohl zur Zeit einen heißen Meinungsstreit. Ihre Meinung dazu könnte sicher interessieren.«

Als Barbara in der »Möve« eintraf, war die bundesweite Prominenz schon fast vollzählig vertreten. Aus Presseberichten kannte sie einige Regisseure, die ebenfalls geladen waren. Während ihr der Kreis der Kritiker nicht bekannt war. Ein Mann aus Halle hatte gerade seinen Standpunkt dargelegt, dass die Aussage eines Stückes wie Faust oder Hamlet für den reifen Theaterbesucher keiner zeitgenössischen Interpretation bedürfe, als einer der jungen Regisseure erregt aufsprang: »Und die Jugend,« sagte er mit lautstarker Stimme, »wie wollen sie

die ins Theater kriegen? Denen können sie mit alten Hüten nicht bei-
kommen! Schiller war damals mit seinen Räubern auch revolutionär.
Setzen sie das doch mal in die Gegenwart um, und sie werden sich
wundern, was man aus den Klassikern alles machen kann.« »Wenn
man sie dabei nicht verfälscht und aus geschichtsträchtigen Dramen
seichte Boulevardstücke macht, einverstanden!« warf ein graubärti-
ger Mann ein, »was mich dagegen anekelt ist der Trend, mit porno-
grafischen Darstellungen auf den angeblichen Publikumsgeschmack
der breiten Masse ein gehen zu müssen. Dabei wendet sich gerade
dieses Publikum vom Theater ab, wenn sich Paare nackt auf der Bühne herumwälzen, ohne dass es irgendeinen Bezug zum Stück hätte.«
Der Streit, der sich daraufhin erhob, ließ schwer erkennen, welche
Meinung letztlich dominierte.

Einer der anwesenden Kritiker brachte es dann allerdings auf den
Punkt: »Wenn es Regisseuren an Einfällen fehlt, der sollte lieber noch
einmal in die Lehre gehen, ehe er nicht unerhebliche Geldmittel in den
Sand setzt. Denn es ist ja nicht die erste Inszenierung, die nach drei
vier Vorstellungen abgesetzt wurde.«

Barbara, die interessiert zuhörte, wagte dennoch nicht, sich in das
Gespräch einzumischen. Vieles war zu neu für sie.

Der Graubart bemerkte, wie sie sich ab und zu Notizen machte, und
ging in der Pause direkt auf sie zu. »Und welche Erfahrungen haben
sie gemacht, sie haben sich ja noch nicht dazu geäußert.«

Barbara versuchte ihm zu erklären, dass sie in dem Metier noch neu
sei, aber er wischte ihre Argumente weg: »Zunächst einmal sondieren
sie mit ihrem gesunden Empfinden, welche Wirkung ein Stück auf
sie hat, ehe sie aus theaterwissenschaftlicher Sicht weitere Analysen
anstellen. Das Dilemma ist, dass viele Kritiker zuerst das in den Vor-
dergrund stellen, und kein normaler Mensch versteht sie. Und dabei
soll doch nicht nur ein exklusiver Kreis damit bedient werden, sondern
die Leute, die man im Theater haben will.«

Barbara nickte zustimmend. »Früher wurde bei uns ein Stück oft danach beurteilt, ob es die Ideologie bedient, die gerade wünschenswert
war. Mit dieser Einstellung mussten sich damals die Kritiker herum-

schlagen und die Theaterleute oft auch. Da ist mir der Meinungsstreit, wie wir ihn heute erlebt haben, lieber. Die Leute stimmen sowieso mit den Füßen ab, ob sie in ein Stück gehen oder nicht.« »Früher, damit meinen sie die DDR?« Ergänzte er fragend. Barbara nickte.

»Ich kann mich aber entsinnen, dass gerade bei ihnen hervorragende Theaterleute am Werke waren, und ich muss ihnen nicht die Namen nennen wie Brecht, Felsenstein u. andere.«

»Aber, in der immer währenden Kontroverse mit oben und mit den Einschränkungen, die ihnen auferlegt werden sollten.«

»Meinen sie, die gibt es heute nicht?« Der Graubart lachte. »Wenn sie mal nach den USA sehen, da wurden Stücke einfach nicht produziert, wenn sie gegen das Establishment waren und das auch noch nach der Mac Carthy Ära. Schließlich haben Künstler eigene Produktionsfirmen gegründet, Robert Redford zum Beispiel und noch einige andere. Wozu bei uns den meisten leider das Geld fehlt. Außerdem haben wir, Gott sei dank, eine andere Medienkultur, die von der Politik akzeptiert wird.« Er machte eine Pause und lächelte verschmitzt. »Vorwiegend jedenfalls.«

Es würde ein weites Feld sein, sich bei den widerstreitenden Auffassungen zu einer Aufführung ein eigenes Urteil zu bilden, konstatierte Barbara für sich im Resümee der zweitägigen Beratung.

Im Sender ging sie deshalb auf Klaus Mahler zu, von dem sie wusste, dass er in seiner Heimatstadt Hannover ein begeisterter Theatergänger gewesen war. Hier hatte er sich allerdings bisher zurückgehalten. Warum, wollte Barbara von ihm wissen.

»Das Problem ist, dass viele von ihren Leuten den selben Quatsch nachahmen, den wir bei uns, zumindest auf den kleineren Bühnen, schon an den Schuhsohlen abgelaufen haben.« sagte er. »Wollen sie unbedingt den Westen noch überholen? Manchmal scheint es so, und das nimmt mir einfach die Lust ins Theater zu gehen.«

»Also mehr Realismus, ohne altbacken zu werden?«

»Ich denke schon,« pflichtete er ihr bei, »übrigens hat mir ihre Rezension zu Carmen gut gefallen. Vielleicht sehe ich mir das Stück daraufhin doch einmal an.«

»Na dann hätten wir wenigstens einen für das hiesige Theater gewonnen, und noch dazu einen Wessi.«

Er lachte. »Das mit dem Wessi vergessen sie mal ganz schnell, ich fühl mich hier schon wie zuhause.«

Dass daran Heike Sommerfeld, eine der Technikerinnen, mit der er ebenso wie zuvor Barbara bei seinen Features vom Land zusammenarbeitete, nicht ganz unschuldig war, hatte sich schon herumgesprochen und Barbara freute das.

Als sie am Abend die Tageszeitungen aufschlug, fiel ihr bei der Liste der gewählten Abgeordneten für das Stadtparlament ein Name auf. Sie las noch einmal, und es stimmte. Ruth Freitag war gewählt worden. Sie freute sich, denn auch sie hatte ihre Stimme für sie gegeben. Einer spontanen Eingebung folgend rief sie bei ihr an, um zu gratulieren.

»Es trifft sich gut, dass sie mich anrufen, ich hatte dasselbe auch schon vorgehabt,« sagte Ruth Freitag, »wir konstituieren gerade unsere neue Mannschaft und ich hätte sie gerne als sachkundige Bürgerin in unserem Kulturausschuss dabei.«

Barbara wusste zuerst nichts darauf zu erwidern, so überraschte sie dieses Angebot.

»Ich weiß, dass sie was vom Fach verstehen, und dass sie auch vor Kapazitäten nicht kapitulieren,« half Ruth Freitag noch ein wenig nach.

»Lassen sie mir Zeit zum Überlegen,« erwiderte Barbara, »ich glaube, ich bin noch nicht so weit, mich so zu engagieren.«

Sie blieb nachdenklich. Wie sie sich entscheiden sollte, war nicht so einfach. Manches in ihrem Umfeld hatte sich nicht zum Besten entwickelt. Ihre langjährigen Nachbarn waren ausgezogen und in den Schwarzwald zu ihren Verwandten umgesiedelt.

»Viele Grüße an sie und ihre Kinder,« hatte Frau Lehmann erst kürzlich auf einer Postkarte mit der Aussicht auf die bewaldeten Höhen geschrieben. »Ich bin in einem Ferienheim als Köchin untergekommen, und mein Mann wird dort wohl auch bald als Hausmeister eingestellt werden.«

Die Arbeitslosigkeit hatte zugenommen, auch in ihrer Stadt, nachdem einer der Traditionsbetriebe wegen Insolvenz geschlossen werden musst. Dass sie und ihre Kinder dabei fast privilegiert waren, machte ihr die Sache nicht leichter.

Sie zog bei dem Angebot, dass ihr Ruth Freitag gemacht hatte, auch ihr Arbeit für den Funk in Erwägung.

Sie hatte sich vorher nicht vorstellen können, dass die Beschäftigung mit den Drehbüchern, den theaterwissenschaftlichen Auseinandersetzungen, und schließlich die abendlichen Veranstaltungen, denen nahtlos die Rezension für das Morgenprogramm folgen musste, gleich, wie spät es dabei wurde, sie so sehr in Anspruch nehmen würden. Dabei war sie sich im Klaren darüber, dass, wenn sie nicht dieses Feld stets aktuell und in der geforderten Qualität bedienen würde, sehr schnell andere ihren Platz einnähmen.

Wie sie es drehte, Verantwortung auch in der Politik zu tragen, würde ihr nicht leicht fallen, denn wenn, wollte sie sich so einsetzen, wie sie es auch in beruflichen Dingen gewohnt war. Und da blieb noch eine Rechnung offen. Die Kinder, die sie dann und wann brauchen würden, auch wenn Sven alsbald in die Ferne ausfliegen würde.

Der Abschied von Sven stand nun unmittelbar bevor. Er hatte sich keinen großen Bahnhof gewünscht, aber sie wollte ihn wenigstens beim Start in die »Neue Welt« begleiten. »Komm zum Flieger,« hatte er er sich gewünscht, »und mach winke, winke. Ist doch heutzutage kein Abschied auf Nimmerwiedersehen.«

Seine Coolness, ob nur gespielt oder tatsächlicher Bestandteil seines Wesens, war für Barbara manchmal schwer begreifbar. Sie hatte sich also nur den Termin des Abflugs am Kalender angekreuzt, obwohl sie ihn lieber für ein paar Stunden zuhause gehabt hätte, und beschloss, bei dieser Reise nach Berlin gleichzeitig die Tochter aufzusuchen. Wenn sie richtig gerechnet hatte, war sie wohl im fünften Monat.

Im Gegensatz zu den bisherigen Sommertagen, war der Tag, an dem Barbara nach Berlin fuhr grau und regnerisch. Wie meine Stimmung, resümierte sie. Im Flughafenrestaurant wartete Sven schon auf sie, und die herzliche Begrüßung, mit der er sie empfing, zerstreute ihre Bedenken, es hätte sich eine Distanz zwischen ihnen aufgebaut. »Wir machen zuerst eine kleine Rundreise durch die Staaten; zum Eingewöhnen sozusagen. Chicago, the windy city, Philadelphia, Boston und Washington sind die auserwählten Ziele.«

»New York ist nicht dabei?«

Sven lachte, »na so großzügig sind sie ja nun auch wieder nicht. Ist mir auch ganz recht, denn ich bin schon gespannt auf das, was uns an Arbeitsaufgaben erwartet.«

Barbara drückte ihn an sich, als der Aufruf zum Abflug kam, obwohl Sven sich leicht sträubte und rote Ohren bekam. »Lass mal, Mam,« sagte er, »ich schreibe dir, so bald ich kann.«

Als sie wieder allein war, fiel ihr ein, dass sie sich nicht einmal erkundigt hatte, ob sein Vater von seiner neuen Arbeitsaufgabe wusste. Sie würde Mareen danach fragen.

Im Café Einstein, in dem sie sich verabredet hatten, war Mareen noch nicht da. Sie bestellte sich einen Cappuccino und beobachtete das rege Leben und Treiben auf der Straße. Kein Wetter konnte offenbar die Touristen abschrecken, zum Brandenburger Tor zu pilgern. Schließlich entdeckte sie das leuchtend rote Basecap, das zu Mareens Lieblingsaccessoire zählte.

»Hallo Muttsch,« sagte Mareen immer noch atemlos vom schnellen Lauf, »ich kam mal wieder nicht weg.«

»Und, geht es dir gut?«

»Na logo, Baby kriegen ist ja keine Krankheit.«

Gut, dass sie das jetzt leichter nimmt, dachte Barbara und vermied es, an Marens Begegnung mit Hansen zurühren. Dass sie jetzt ihre eigene Wohnung bekam, wie Mareen berichtete, mochte wohl auch dazu beitragen, dass sie gelassener in die Zukunft blickte.

»Kann ich dir beim Umzug helfen?« wollte Barbara wissen.

»Geht schon alles klar. Nachdem Sven nicht mehr da ist, hat Papa sich schon um ein in paar kräftige Jungs zum Umzug gekümmert, und meine Mitbewohnerin hilft mir beim Packen. Nur bei den Sachen für das Baby würde ich schon gerne deine Hilfe brauchen.«

Ihr Ex Mann wusste demnach von Svens neuem Arbeitsfeld. Um so besser, dachte Barbara, denn sie verspürte wenig Lust, sich mit ihm darüber zu unterhalten und eventuellen Vorwürfen über Mareens Zustand zu begegnen.

»Übrigens, der Typ, der mich sozusagen sitzen gelassen hat, hat sich wieder gemeldet,« sagte Mareen als sie sich verabschiedete.

»Und?«

»Gar nichts u n d,« schnippte Mareen ihr entgegen und warf den Kopf zurück. »Wenn das Baby da ist, kann er es mal sehen, und ansonsten soll er seine Vergnügungssteuer abliefern.«

Barbara schüttelte den Kopf. »So kaltschnäuzig würde ich das nicht sehen.« Konnte sie sich den Vorwurf nicht ersparen?

»Mama, das ist mein Leben, denk daran!«

»Sicher,« sagte Barbara ohne weiteren Kommentar, und gab ihr nicht ohne Sorge noch einen Abschiedskuss.

Diese aufgesetzte Coolness, die sie auch schon bei Sven beobachtet hatte, gehörte jetzt wohl auch zu Mareen. Dass sich dahinter Verletztheit und Unsicherheit verbarg, konnte sie nur vermuten, und es gefiel ihr nicht.

Sie nahm die Gelegenheit wahr, bis zur Abfahrt des Zuges noch ein wenig durch die Straßen zu bummeln. Irgend etwas trieb sie zur Weidendammbrücke, an der sie mit Hansen nach dem Desaster im Berliner Funkhaus gestanden hatte. Er hatte sie damals aus ihrem Tiefpunkt herausgerissen, und der Besuch in der Altberliner Kneipe stand ihr so leibhaftig wie heute vor den Augen. Wer stand ihr noch so nahe, die Kinder ausgenommen, wie er? Sie blickte in das träge dahinströmende Wasser und dachte, auch die Zeit fließt dahin und wir werden nicht jünger.

Man könnte an Gedankenverbindungen glauben dachte Barbara, als am nächsten Abend das Telefon klingelte und Hansen sich meldete.

»Wie geht es dir?« versuchte Hansen mit einer Alltagsfloskel einen Einstieg in das Gespräch zu finden.

»Wenn du unsere Beziehungen meinst, dann nicht gerade gut,« sagte Barbara geradeheraus, »ansonsten kann ich nicht klagen.« Sie merkte, wie er nach Worten suchte. »Lass uns doch einfach miteinander reden, aber nicht am Telefon,« schlug sie deshalb vor.

Erleichtert stimmte er zu, »wenn es dir recht ist, am nächsten Wochenende, bei mir?«

»Lass uns lieber in die alte Kneipe in der Oranienburger Straße gehen,« entgegnete Barbara. Sie wollte neutralen Boden, auf dem sich manches leichter sagen lassen würde.

Er holte sie zum vereinbarten Zeitpunkt am Bahnhof Friedrichstraße ab. Glasfassaden und architektonisch elegante Bauten ließen die Schmuddligkeit vergessen, die Barbara noch von ihrem Besuch vor Jahren erlebt hatte. Nur in der alten Kneipe hatte sich sowohl im Äußeren als auch im Inneren nichts verändert. Nur die Anschreibetafel fehlte.

»Ist dein Freund vom Mosaik noch da?« fragte Barbara nur um etwas sagen zu können.

»Er ist im vorigen Jahr gestorben, Krebs. Ich habe ihn vorher noch einmal getroffen, als er arbeitslos wurde. Er hatte wohl irgendwie die Lust am Leben verloren.«

»Schade um die Verluste, die das Leben so mit sich bringt,« bedauerte Barbara. Sie erzählte von ihren Kindern um das Gespräch in Gang zu bringen, aber es wollte ihr nicht gelingen.

»Ich weiß nicht, wie es mit uns weitergehen soll,« sagte Hansen schließlich.

»Als wir zusammenarbeiteten, als wir uns brauchten, da haben wir uns gut getan. Und ich will dich immer noch, aber ich kann nicht so tun, als wäre ich mit Freuden Familienvater, auch wenn deine Kinder schon groß sind.«

Barbara musste schlucken. Wusste er, was er damit sagte? Und sie hatte geglaubt, das erste Zusammentreffen wäre ein Anfang gewesen.

»Schon bei der einmaligen Zusammenkunft habe ich gespürt, dass ich wohl ein Fremder für deine Kinder bleiben werde.«

»Hat dir das deine Ex Frau so gesagt?«

»Sie ist nicht mehr in unserem Studio, und ich hätte darauf auch nicht gehört, aber Mareen hat es mir deutlich gezeigt, dass sie mich nicht einmal als entfernter Bekannter registriert, als wir uns beim Wohnungsamt trafen. Sie ging grußlos an mir vorbei.«

Barbara kannte ihre Tochter gut genug, um sich ausmalen zu können, wie sie sich verhalten hatte und was sie ihr bislang verschwieg. Dass sich aber Hansen derartig davon beeindrucken ließ, erstaunte und enttäuschte sie: War ihm seine Eitelkeit soviel wert, dass er unbedachte Äußerungen eines offensichtlich noch unreifen Mädchens zur Gelegenheit nahm, um eine künftige familiäre Gemeinsamkeit in Abrede zu stellen? Sie fühlte sich zutiefst verletzt und versank in Schweigen ohne auf seine Fragen zu achten. Schließlich sagte sie: »Dann ist es besser, wenn wir nur Freunde bleiben, und auf sicherer Distanz gehen.« Sie verzichtete drauf ihm einen Kuss zu geben, obwohl er lange ihre Hand festhielt. Das war's Barbara, dachte sie, und es tat ihr weh. Sie beschloss erst den Abendzug zu nehmen, um ihren Frust abzureagieren.

Es hellte ihre Stimmung ein wenig auf, als ihr der Sommerwind durch die Haare fuhr und die Blätter der Linden leise rauschten. Sie ließ sich treiben und ging ohne festes Ziel den Boulevard entlang. Ein Plakat mit goldglänzendem Rahmen, das zu einer Ausstellung von Malern des Jugendstils einlud, rief schließlich ihre Aufmerksamkeit hervor. Sie betrat das Museum und war über die Fülle der Grafiken und der Gemälde erstaunt, die als Leihgaben zusammengekommen waren. Ein Gemälde zog sie besonders an. Eine schlanke, hochgewachsene Frau blickte den Besucher an. Die Züge des Gesichts verrieten Selbstbewusstsein und Charme. Im Ausstellungsflyer wurde der Maler Gustav Klimt zitiert, er habe lebenslang Emilie Flöge verehrt als hochgebildete moderne Frau, die sowohl intellektuelle Gefährtin als auch Geliebte sein konnte.

Welche Eleganz und Grazie ging von dieser Frau aus, urteilte Barbara. Es war eine andere Zeit, gewiss, aber sollte man sich mit dem Mangel an kultivierter Haltung und Toleranz im täglichen Leben ein für allemal zufrieden geben?

Als Barbara wieder zuhause angekommen war und im Abendlicht vom Bahnhof zu ihrer Wohnung ging, leuchtete der Backsteinbau des Doms in den letzten Sonnenstrahlen rot auf. Sie erfreute sich an dem schlanken, zum Himmel strebenden Turm, dessen Architektur auf seine Weise schön und erhebend war. Es hat sich durch die Jahrhunderte bewahrheitet, überlegte sie, dass die Kirche so wie dieser Dom, wohl als Ganzes, das Beständige, Werterhaltende in unserer getriebenen Zeit ist. Gut wer in ihr Halt fand. Mitunter bedauerte sie sogar, dass ihr dieser Weg in eine durch den Glauben geeinte Gemeinschaft verschlossen war, aber Religiosität blieb ihr zutiefst fremd.

Zuhause erwartete sie ein Anruf aus dem Funkhaus, sie solle sich in den nächsten Tagen melden. Mit gemischten Gefühlen ging sie anderntags zum Sekretariat. Herter hatte ihre Stimme erkannt und öffnete ihr schon die Tür zum Direktorenzimmer. Wenn er höflich wurde, war meist nichts Gutes zu erwarten, dachte Barbara und setzte sich.

Herter redete auch nicht lange um den Brei herum: »Eine Theaterkritikerin aus Berlin hat sich bei uns angesagt und möchte zunächst drei Premieren nach der Sommerpause übernehmen. Sie braucht das für ihre Promotion, und ein bisschen frisches Blut können wir ja auch gebrauchen.«

Barbara saß für Minuten wie gelähmt da.

»Nun sagen Sie schon was,« drängte Herter, »es bleibt Ihnen unbenommen, weiter die Filmvorschau zu machen, und hin und wieder auch die Theater- oder Kabarettrezensionen. Außerdem können Sie als Freier Mitarbeiter jederzeit auch für die Presse schreiben. Die ist ihnen sicher dankbar.«

Das war also der so kollegial auftretende Sendedirektor, ärgerte sich Barbara innerlich, wenn sich eine passende Gelegenheit bot, wurde man hinauskatapultiert ohne einen Gedanken an die bisher erfolgreiche Arbeit des Mitarbeiters oder gar an seine finanziellen Einbußen zu denken, die sich durch die Veränderungen in den Arbeitsaufgaben ergeben würden. Sie schwankte zwischen einem Wutausbruch und wortloser eisiger Distanzierung. Sie entschloss sich für Letzteres.

»Sie bleiben uns ja dennoch erhalten,« versuchte Herter seine Anordnungen abzumildern, froh darüber, dass es zu keinem Wortgefecht gekommen war.

Barbara übersah seine hingestreckte Hand und verließ ohne Gruß das Zimmer.

Auf dem Nachhauseweg war sie innerlich noch so aufgewühlt, dass sie beinahe in ein Auto gelaufen wäre, Reiß dich zusammen, disziplinierte sie sich. Aber, die Bitterkeit schnürte ihr fast den Hals zu. Es wurde eine unruhige Nacht, in der sie immer wieder aufwachte mit dem Gedanken, wie es nun weitergehen sollte. Schließlich fiel sie in einen traumlosen schweren Schlaf, aus dem sie erst in den späten Vormittagsstunden aufwachte.

Im Briefkasten, aus dem sie die Zeitungen holte, fand sie einen Brief von Sven vor. Er hatte Fotos von seinen ersten Trips in Amerika hineingesteckt und schilderte ihr wortreich, ganz im Gegensatz zu seiner sonstigen Art, welche freundliche Aufnahme er an seiner künftigen Arbeitsstätte gefunden hatte, und wie sehr ihn die Architektur der Städte beeindruckte.

Wenigstens ihm geht es gut, dachte Barbara und beschloss keinem der Kinder von ihrer gegenwärtigen Situation zu berichten. Sie verbrachte den Tag wie in Trance, unfähig einen klaren Gedanken zu fassen. Auch in den nächsten Tagen fiel es ihr schwer, ihre Lethargie zu überwinden. Als einmal das Telefon klingelte, hob sie nicht ab. Der Anrufer aber blieb hartnäckig, so dass sie sich entschloss, beim dritten Läuten den Hörer aufzunehmen. Ruth Freitag war am anderen Ende der Leitung.

»Ich warte noch auf ihren Entscheid,« sagte sie, »die Konstituierung unseres Ausschusses ist schon fast abgeschlossen, und ich habe ihren Namen bereits ins Gespräch gebracht.«

»Sollte ich wirklich noch gefragt sein?« Barbara ließ ihre ganze Bitternis heraus. »Ich habe nur noch geringe Arbeitsmöglichkeiten im Sender; wenn überhaupt.«

Ruth Freitag fasste sich schnell nach ihrer Überraschung: »Das mindert aber doch nicht ihre Kenntnisse und ihre Fähigkeiten, sich auf kulturellem Gebiet einzusetzen,« sagte sie mit Entschiedenheit.

»Ob das andere auch so sehen?«

»Das liegt an Ihnen, wie Sie sich einbringen,« brachte Ruth Freitag etwas fordernd ein, »lassen sie sich nur nicht hängen. Und was ihre journalistische Zukunft anbetrifft; versuchen Sie es doch einmal bei

anderen Medien. Nur nicht aufgeben, sie sind doch ein Kämpfertyp!«
Und sie setzte noch hinzu: »Ich kann also mit ihnen nach der Sommerpause rechnen?«

»Ich weiß es noch nicht,« antwortete Barbara.

Als sie am Abend schlafen ging, hielt sie sich vor Augen, wie vielen es ebenso erging wie ihr. Sie ließ ihre Erwartungen und Hoffnungen vorüberziehen, die sie ein Leben lang gehegt hatte und sagte sich in einer Aufwallung von trotzigem Mut, dass es damit doch noch nicht vorbei sein konnte. Das Gespräch mit Ruth Freitag hatte eine Blockade in ihr gelöst, die sie bislang handlungsunfähig gemacht hatte

Am nächsten Morgen rief sie als erstes die Landesredaktion der Volkszeitung an, um an zufragen, inwieweit dort Rezensionen gebraucht würden. Bislang hatte sie nur selten einen Spielbericht darin gelesen. Der Leiter der Kulturredaktion schien von ihrem Angebot angetan zu sein. »Ich spreche noch mit dem Chefredakteur, und dann könnten wir einen Vertrag machen,« sagte er und er fügte noch hinzu, »ich sehe da keine Probleme, immerhin sind sie ja keine Unbekannte durch ihre bisherige Arbeit im Sender.«

Barbara hatte ihm zuvor angedeutet, dass sie ihre Arbeit im Funk minimieren würde, und das entsprach der Wahrheit, denn von einer Auflösung ihrer Arbeit war bei Herter ja nicht die Rede gewesen.

Es vergingen quälende zwei Wochen, ehe sie einen Anruf aus der Redaktion erhielt.

»Wir möchten mit Ihnen einen Vertrag als Rezensentin schließen, für die Premieren im ersten Vierteljahr nach der Sommerpause,« sagte der Redaktionsleiter. »Sollte das, was sie liefern bei unseren Lesern ankommen, verlängern wir ihn auf ein Jahr. Einverstanden?« Barbara nickte. Die Honorare lagen zwar unter dem, was der Rundfunk zahlte, aber es war eine Möglichkeit die sie davor bewahrte zum Arbeitsamt zu gehen. Es wäre eine bedrückende Vorstellung gewesen nach 5 Jahren Hochschulausbildung und 10 Jahren Berufserfahrung, noch im Vollbesitz aller geistigen Kräfte, die Hände in den Schoß legen zu müssen und sich aushalten zu lassen. Wie vielen es ähnlich ergangen war, machte sie bitter.

Auf dem Heimweg lief ihr Klaus Mahler über den Weg. Es hatte sich in der Redaktion wohl herumgesprochen, was vorgefallen war, denn er steuerte gleich auf sie zu.

»Lassen sie mal den Kopf nicht hängen,« sagte er, »wer weiß wie die künftige Doktorandin einschlägt und ob sie überhaupt weiteres Interesse am Sender zeigt.«

»Und ich bin dann wieder gut genug?«

»Das sollten sie nicht so sehen. Herter hat ihnen ja nicht ein für allemal die Arbeit am Sender versagt. Am besten wäre, sie würden mal für ein paar Wochen einen absoluten Tapetenwechsel vollziehen.«

»Da haben sie vielleicht recht.«

»Wenn ich Ihnen einen Tip geben darf, dann fliegen sie für ein paar Tage in die Neue Welt.« Als er den zweifelnden Ausdruck in ihrem Gesicht sah, setzte er noch hinzu: »Das ist kein abgegriffener Begriff ‚Neue Welt‘. Sie würden dort eine ganz andere Atmosphäre erleben. Ich habe ein Jahr in den USA studiert. Und gleich, ob man jetzt nicht gerade erfreut über die politische Entwicklung in Washington ist. Das Establishment ist das eine und die Leute sind das andere; abgesehen von den unvergesslichen Eindrücken, die ihnen das Land selbst bieten wird.«

Nachdenklich ging Barbara auf ihrem Heimweg an dem Reisebüro in ihrer Straße vorbei. Sie war sich noch uneins, ob sie die Reise wagen sollte, angesichts ihrer unsicheren Berufsaussichten. Sie überschlug ihre Ersparnisse und das tägliche Budget, das ihr zur Verfügung stand. Sie konnte damit auskommen. Und worauf, sagte sie sich sollte sie noch sparen. Kurz entschlossen drehte sie noch einmal um und schloss eine Buchung für eine Reise ab, die sie nach Kalifornien führen würde.

»Sie haben Glück,« sagte die Angestellte, »zur Zeit steht der Dollar so günstig, dass sie fast 200 D-Mark gegenüber dem Vorjahr sparen.«

Um so besser, überdachte es Barbara, wer weiß, ob sie sich später noch einmal eine solche Reise würde leisten könnte. Und das Leben war zu kurz, um immer wieder Verzicht leisten zu müssen.

Vor der Abreise rief Barbara noch einmal ihre Tochter an und versprach, nach der Rückkehr bei ihr vorbeizuschauen, um zu sehen wie weit es noch bis zur Niederkunft wäre. »Und was macht der Kindesvater,« fragte sie nur noch, »was wollte er, als er sich bei dir gemeldet hat?«

»Wieder anbändeln. Ich fehle ihm hat er gesagt.«

»Und was sagst du dazu?«

»Mal schaun und abwarten. Du kennst ja die Männer, wenn man sogleich ja sagt, hat man schon verloren.«

Barbara musste lachen: »Das sagen dir deine Erfahrungen?«

»Deine etwa nicht?«

»Das ist ein anderes Kapitel,« erwiderte Barbara nur kurz. Ihre Tochter schien sich offensichtlich keiner Schuld bewusst zu sein, mit ihrem Verhalten gegenüber Hansen einen Bruch provoziert zu haben.

Noch auf dem Flughafen verließ Barbara die Unsicherheit nicht, ob sie richtig entschieden hatte. Es war nicht ihr erster Flug, wohl aber der erste, den sie antrat trotz der relativen sozialen Unsicherheit des Danach.

Beim Einchecken glaubte sie ihren Augen nicht zu trauen. Der immer zerzaust wirkende braune Haarschopf konnte doch nur einem gehören, Herkner! Sie hatte keine Gelegenheit mehr, sich bemerkbar zu machen, aber die Gewissheit, ein bekanntes Gesicht entdeckt zu haben, freute sie. Sie fiel nach dem Abheben alsbald in einen ruhigen traumlosen Schlaf, aus dem sie erst nach Stunden erwachte, als beim Überfliegen der Eisfläche Grönlands einige Fahrgäste zum Fotografieren auf ihre Seite drängten.

»Barbara!« Sie schreckte noch verschlafen bei der Nennung ihres Namens hoch. Herkner hielt noch den Fotoapparat in der Hand. »Das kann doch nicht wahr sein, dass wir hier noch einmal zusammentreffen.«

»Ich mache Urlaub, und sie?«

»Halb Urlaub, halb auf der Suche nach einer Chance. In Las Vegas arbeitet ein ehemaliger Kumpel aus meiner Zeit in Brandenburg. Er wurde als bester Discjockey Europas ausgezeichnet und hat mir geschrieben, ich sollte ihn mal besuchen. Auf unserer Tour sind wir ja zwei Tage in Vegas, mal sehen, was daraus wird.«

»Und Berlin?«

»Bleibt mir immer noch, aber die Welt ist groß, warum sollte man nicht alles einmal ausprobieren!«

Mit 30 kann man auch so denken, dachte Barbara, ungebunden, wie er nun einmal war. Gut, dass Sven ebenso seine Chance ergriffen hatte. Manchmal bedauerte sie es, dass sie nicht später geboren worden war.

San Franzisko zeigte sich am Tag nach ihrer Ankunft von seiner schönsten Seite. Der Wind trug die kühlende Luft des Pazifik über die Stadt und milderte etwas die Sonnenstrahlung, die Barbara blendender und heißer als in der Heimat erschien. Den klimatisierten Bus empfand sie als eine Wohltat. Als Reisebegleiterin durch die Stadtteile stellte sich eine Schwedin vor.

»Mein Mann stammt aus Deutschland,« sagte sie auf das Erstaunen der meisten Fahrgäste über ihr dialektfreies Deutsch. »Er ist Rechtsanwalt in Nashville und hütet jetzt die Kinder, während ich mit ihnen unterwegs bin.« Und sie fügte mit einem Lächeln hinzu: »Ein großer Haushalt braucht eben zwei Verdiener und ich mache das ja gern.«

Sie wies im Vorüberfahren auf eine Straße, die auf beide Seiten Häuser in allen Farben aufwiesen. »Das sind die Painted Ladies,« sagte sie, »Holzhäuser, die so wundervoll bemalt sind, von den Giebeln, die mit weißen Balken abgesetzt sind, bis zu den Treppen, die zum Eingang hinaufführen. Aber fragen sie mich nicht nach dem Preis, der ist für Normalbürger unbezahlbar.«

Barbara bewunderte den üppigen Blumenflor vor den Häusern und die samtenen Rasenflächen, die auf sorgfältige Pflege schließen ließen.

»Und jetzt alle Fotoapparate zücken,« sagte die Schwedin, »wir fahren über die Golden Gate Bridge direkt nach Sausalito, einem malerischen kleinen Ort und zu den Red Wood Wäldern.«

Barbara kam die Fahrt immer noch wie ein Traum vor, das mächtige Bauwerk, das sie schon auf vielen Bildern bewundert hatte, lag unter ihr. In der Ferne, umgeben von den in der Sonne gleißenden Fluten des Atlantik, erhob sich Alcatraz die Gefängnisinsel und vor ihnen waren schon mächtige Baumriesen zu sehen, die schon an die Hunderte von Jahren zählten. Ein feuchtwarmer Brodem, vermischt mit dem intensiven Geruch blühender Pflanzen umfing die Reisenden.

Vor einer großen Holztafel blieb die Reiseleiterin stehen. »Hier hat sich der Mann ein Denkmal gesetzt, der das riesiger Reservat der Red Wood Bäume gekauft hat und mit seiner Millionenspende dafür sorgte, dass es der Nachwelt als Naturdenkmal erhalten bleibt.« Und sie fügte noch hinzu: »Sie werden an vielen Orten Ähnliches finden, weil bei allen Problemen, die es bei uns gibt, immer noch der Grundsatz gilt: Frage nicht, was der Staat dir gibt, sondern, was du dem Staat zu geben bereit bist.«

Eine Lektion auf Amerikanisch, dachte Barbara belustigt.

Ein Schiff brachte die Reisenden zurück nach San Francisco, und als die weiße Nadel der Transamerica Pyramid auftauchte, empfand Barbara so etwas wie ein Zuhausegefühl.

»Morgen haben sie einen Tag zur freien Verfügung,« sagte die Schwedische Reiseleiterin zum Abschluss der Fahrt. »Empfehlen würde ich ihnen einen Spaziergang zu Fisherman's Wharf. Dort wurde ein Pier zu einer Unterhaltungsmeile ausgebaut, und auch sonst gibt es allerhand zu entdecken.« Barbara bemerkte, wie sich Herkner nach ihr umsah, als sie ausstiegen. »Wollen wir gemeinsam dorthin gehen?«

Barbara nickte erfreut, zu zweit konnte man sich besser über die neuen Eindrücke austauschen und Herkner war ein angenehmer Zeitgenosse.

Der Versuch anderntags mit der Cable Car zum Pier zu fahren schlug fehl, zu groß war der Ansturm auf das historische Gefährt.

Als sie am Kai ankamen, liefen unentwegt joggende Gruppen am Ufer entlang. Barbara hielt eine vereinzelte Läuferin an »What are you doing here?« fragte sie. Die junge Frau wischte sich über ihr schweißüberströmtes Gesicht und lachte. Heute sei sie ausnahmsweise alleine unterwegs, aber die anderen, die sie hier sähen, wären Teams aus den unterschiedlichen Geschäften und Institutionen, die gemeinsam vom Chef bis zur Sekretärin ihr Gesundheitsprogramm in der Mittagspause absolvieren würden.

Als ein junges Mädchen radschlagend an ihnen vorbeizog, riss Herkner seinen Fotoapparat aus der Tasche, um das Bild festzuhalten.

»Sonst glaubt uns das zuhause niemand.«

»Könntest du dir das in Deutschland vorstellen?«

»Dazu sind wir viel zu verklemmt. Hier wirkt eben noch die Zeit der Blumenkinder nach,« sagte Herkner, »da sieht man alles viel lockerer.«

Diese Erfahrung machten sie auch, als sie den Pier 39 betraten, auf dem gerade eine Show lief, zu der Leute aus dem Publikum zum Mitmachen auf die Bühne geholt wurden. Beifall der Menge belohnte die Mutigen, die auf mancherlei Proben gestellt wurden und unter dem Gelächter aller, jeden Spaß mitmachten.

Am Abend war Barbara nicht mehr in der Lage die Eindrücke zu resümieren, wie sie es sich für ihr Reisetagebuch vorgenommen hatte. Sie sank in das bequeme überbreite Bett und dachte noch gerade, ehe sie einschlief, in Amerika muss wohl alles überdimensioniert sein.

Am nächsten Morgen war der Bus wieder unterwegs entlang der Küste, vorbei an einem Panorama, das nicht nur Fotofetischisten zu entzückten Ausrufen veranlasste. Was ist noch zu überbieten, grübelte Barbara, während sich ihr Reisetagebuch nun doch noch Seite für Seite füllte.

Die Glitzerstadt Las Vegas, die sie an diesem Abend erreichten, sollte wohl einer der Höhepunkte sein, wie die Reiseführerin sagte, aber Barbara, geblendet von diesem Übermaß an Licht, Musik und Reklame, sehnte sich nach einem ruhigeren Ort. Während sich die anderen Teilnehmer in den Spielsalons umsahen, wartete sie auf die Elektrotram, die der Cable Car von San Francisco auf's Haar glich. Wenige Passagiere hatten zu dieser Zeit die Fahrtroute gewählt. Es waren ältere dunkelhäutige Frauen mit blumenverzierten kleinen Hüten auf dem zum Teil schon ergrauten Haar, und nur an den verarbeiteten Händen, die sie still auf dem Schoß hielten, schloss Barbara, dass sie wohl gerade von ihrer Arbeit in den Küchen der zahllosen Restaurants nach Hause fuhren. Sie sahen nicht auf, als Barbara den

Bus bestieg und auch der Busfahrer selbst, der ebenfalls zu den Afro-amerikanern zählte, wie man sie hier nannte, nahm nur wortlos ihren Dime entgegen und ließ ihn in der Lade fallen. Als sie sich ein wenig vom Zentrum entfernt hatte, begann der Mann leise zu singen. Es war ein melodisches, ein wenig schwermütiges Lied, und Barbara blieb wie verzaubert sitzen, obwohl sie schon eine Station zu weit fuhr. Er musste es wohl bemerkt haben und machte ihr verständlich, dass er sie an der nächsten Haltestelle, die schon die Endstation war, gerne wieder zurück zu ihrem Hotel fahren würde. Barbara bedankte sich erfreut und wollte ihm einen Dime reichen, aber er wehrte mit einem Lächeln ab. Er winkte ihr nach, als er weiterfuhr.

Wenn ich alleine unterwegs wäre, würde ich mehr von Land und Leuten erleben, überlegte Barbara, als der Flieger die Reisegruppe am nächsten Tag zur Ostküste brachte. Die Reiseführerin musste ihre Gedanken wohl irgendwie erraten haben, denn sie sagte ihr beim Ausstieg, dass es sicher sehr bald Gelegenheit geben würde, Leute kennen zu lernen.

Cape Code, wo sie ihr Hotel bezogen, war ein beliebtes Ferien und Ausflugsziel vieler Amerikaner von Boston bis New York. Dabei hatte es sich aber seine Ursprünglichkeit als Fischerort erhalten. An dem Abend ihrer Ankunft herrschte allerdings Ebbe, und das Meer hatte sich zurückgezogen. Die Hütten am Strand schienen vollbelegt zu sein, denn vor den breiten Terrassenfenstern standen Schubkarren und kleine Roller. Nur deren Benutzer hatten sich offensichtlich schon zum Schlafen gelegt.

Barbara war ein wenig von der Gruppe zurückgeblieben, denn Herkner legte ihr mit viel Temperament seine Zukunftspläne dar. Zunächst könne er als Aushilfe bei seinem Bekannten Platten auflegen und dann ergäbe sich zusammen mit einer Arbeitserlaubnis sicher die Chance, mehr zu tun.

»Und das Risiko gehst du ein?« fragte Barbara skeptisch.

Herkner nickte: »Nur wer wagt, gewinnt.«

Ihr Gespräch war offensichtlich von einem Mann verfolgt worden, der jetzt auf sie zukam: »Sie sind Deutsche?« fragte er mit deutlich amerikanischen Akzent.

Barbara musterte ihn erstaunt. Er trug ein langes schwarzes Gewand, und nur der weiße Bund am Kragen seiner Jacke deutete an, dass er offensichtlich der hiesige Pfarrer war.

»Reverend Walker,« stellte er sich vor. »Es würde mir eine Freude machen, mich mit ihnen zu unterhalten. Nicht nur, weil ich Ihnen einiges von unserem Ort erzählen könnte, sondern auch, weil ich mich im Deutschsprechen üben kann. Immerhin halte ich Predigten seit einiger Zeit auch auf Deutsch.«

Barbara und Herkner machten aus ihrem Erstaunen kein Hehl. »Und wieso das?« fragte Herkner. Geradeheraus.

»Wie das Leben so spielt,« sagte der Reverend, »deutsche Soldaten, die hier nach dem Krieg interniert waren und fleißig mit zugegriffen haben, damit unser Ort jetzt ein Feriencamp hat, sind nach Jahren wieder hierher zurückgekehrt. Sie haben hier geheiratet oder haben ihre Familien aus Deutschland mitgebracht und die wollen Gottes Wort auch in ihrer Sprache hören. Es muss wohl nicht so lustig bei ihnen drüben sein,« fügte er noch mit einem Augenzwinkern hinzu.

»Nicht immer, da haben sie vielleicht recht,« gab Barbara zurückhaltend zu.

»Ach lassen wir das,« entgegnete der Reverend, »sie sind ja hier um etwas zu erleben. Ich würde sie und die anderen Gäste gerne einladen in unserem Club zu kommen. Wir haben heute ein fröhliches Beisammensein.«

Als er den zweifelnden Ausdruck in Barbaras Gesicht sah, sagte er noch schmunzelnd: »Es ist keine Bibelstunde, wie sie vielleicht befürchten. Die Ansässigen treffen sich hier jede Woche, um miteinander zu plaudern, zu spielen und zu tanzen.«

Als Barbara, Herkner und ein Teil der Reisegruppe den kleinen Saal mit dem Reverend betraten, der sie sogleich den Anwesenden vorstellte, wurden sie mit herzlichem Beifall begrüßt.

Eine kleine Band spielte auf, und im Nu hatte sich die Tanzfläche gefüllt.

»Die brauchen nicht erst eine Aufforderung,« meinte Herkner zu Barbara gewandt. »Am liebsten würde ich bei der Band mitspielen.« Der

Reverend nickte ihm aufmunternd zu: »Tun sie das, die Leute würden sich freuen.« Und in der Tat, das »Hallo« war groß. Ein Schlagzeug wurde für Herkner herbeigeschafft und ganz in seiner gewohnten Art rockte er los, begleitet von dem 5 Mann Orchester, das sich aus den musikbegeisterten Einwohnern Cape Codes zusammensetzte.

Der Reverend winkte einen älteren Mann zu sich heran. »Damit sie einen unserer Ältesten kennenlernen können, möchte ich Ihnen unseren alten Frederic vorstellen.« Der Mann lachte breit und gab Barbara seine kräftige Hand. Was er zu ihr sagte, verstand sie zwar nicht, da sein Dialekt zu weit von ihrem Schulenglisch entfernt war, aber der Reverend erbot sich als Dolmetscher. »Frederic ist ein weitgereister Mann,« sagte er, »und trotzdem zog es ihn wieder in unseren Ort. Er ging in jungen Jahren weg, als es mit der Fischerei hier zu Ende ging. Alaska lockte ihn, und er war dort mehrere Jahre Ranger. Weil es aber dort zu wenig Geld gab, ging er zur Petrolcompany. Das ging gut, bis er einen Unfall hatte. Das Krankenhaus fraß alle seine Ersparnisse auf und er musste, nachdem er gesund war, alle möglichen Arbeiten annehmen. Zuletzt war er so etwas wie ein Barkeeper. Die Sehnsucht nach Cape Code wurde aber immer stärker, und nun, nach fast 40 Jahren ist er wieder hier.«

»Und ist Rentner?« fragte Barbara.

»Vom Alter her, ja. Leider nicht von den Bezügen her. Darum hat er sich nie gekümmert. Er hat immer darauf vertraut, dass er es mit seiner Arbeit schafft, einigermaßen gut zu leben, aber es ist zu wenig, was ihm heute bleibt. Ich habe mich deshalb für ihn in unserer Gemeinde verwendet, dass er noch weiterarbeiten kann, und jetzt ist er so etwas wie Manager für das Feriencamp. Und wir sind alle miteinander zufrieden.«

»Und das ist für sie OK,« wandte sich Barbara direkt an den Mann.

»Okay Okay,« meinte der und strahlte über das ganze Gesicht.

»Ja, man kann oft hinfallen im Leben,« übernahm wieder der Reverend, »aber man muss immer wieder aufstehen, das ist so unser Lebensmotto.«

Barbara dachte nach, in welche Panik sie verfallen war, als sie sich nach der Wende plötzlich neu orientieren musste. Es ist eine andere Mentalität, auf die sie hier traf, und sie wusste nicht, ob sie sich jemals darauf würde einstellen können. Sie ersparte sich die Frage, wie, am Beispiel Frederic bewiesen, eine Krankenversicherung ihn vor den Krankenhauskosten hätte bewahren können. Das ist ihr Land, und damit müssen sie selbst zurechtkommen, dachte sie, so wie wir mit unseren Problemen. So ließ sie sich wieder allein von der heiteren Atmosphäre des Abends gefangen nehmen, und als der Alte sie zu einem Tänzchen aufforderte, folgte sie ihm vergnügt auf die Tanzfläche.

»War toll, der Abend,« sagte Herkner, als sie gemeinsam zu ihrem Quartier gingen. »Du fühlst dich gleich aufgenommen und bist kein Fremder mehr.« Barbara nickte, die Herzlichkeit und das Aufeinanderzugehen würde sie in ihrem Gedächtnis bewahren wollen.

Am letzten Abend stand ein Barbeque auf dem Programm. Der Platz vor dem Motel war alsbald vom Rauch des Grills und den appetitanreizenden Gerüchen der gebratenen Steaks erfüllt. Während ein genussvolles Schmausen die Unterhaltungen zum Abklingen brachte, holte Barbara die Reiseleiterin zur Seite.

»Wie kommen sie als Schwedin damit zurecht, dass sich Leute mit dem begnügen, was sie haben, wie der alte Frederic in Cape Code. Hätte es nicht eine staatliche Stelle geben müssen, die ihm bei Krankheit hilft?«

Annekatrin Söderström sah sie lächelnd an. »Man merkt, dass sie Deutsche sind und aus dem Osten kommen. Ehe man sich bei uns darauf verlässt, was der Staat tut, hilft man sich lieber selbst. Natürlich wäre es besser, es gäbe eine Krankenversicherung für alle, aber dafür braucht man Mehrheiten, und die gibt es zur Zeit noch nicht.« Barbara setzte zu einer Erwiderung an, aber die Schwedin fügte noch hinzu: »Auch das, leider, ist Demokratie, dass man sich mit den besseren Argumenten und natürlich auch mithilfe einer Lobby durchsetzen muss; nur es dauert eben.« Und zu Barbaras Überraschung setzte sie noch fort: »Die Theorie wird erst zur materiellen Gewalt, wenn sie die Massen ergreift, sagte das nicht ein berühmter deutscher Philosoph?«

»Sie kennen Marx?«

»Warum nicht, man muss alles Aufbewahrenswerte aus der Geistes-
geschichte der Menschheit kennen.«

Sie hatte die Reiseleiterin offensichtlich unterschätzt und leistete im
Stillen Abbitte. Aber noch eines wollte sie wissen: »Sie sind hier in
vielen Fragen auf sich selbst angewiesen, gibt es da Probleme?«

»Sie meinen, wenn es einem schlecht geht?« Die Söderström blickte
Barbara nachdenklich an. »Als ich schwanger war, musste ich beim
plötzlich eintretenden vorzeitigen Beginn der Wehen ins Krankenhaus.
Mein Mann war nicht da, aber ein Nachbar war sofort bereit, mich
zu fahren. Es ist überhaupt so,« fuhr sie fort, »wenn es ein Unglück
gibt oder eine Naturkatastrophe, dann stehen die Leute hier unwahr-
scheinlich zusammen. Als wir in Nashville einzogen, kam anderntags
unsere unmittelbare Nachbarin mit einem Kuchen vorbei und fragte,
ob sie helfen könne. Und dass man sich besser kennen lernt, gibt
jeder Neubürger eine kleine Party für die Leute in seiner Straße. Das
verbindet irgendwie.«

Auf dem Rückflug kam Barbara schwer in den Schlaf. Ihre Gedanken
beschäftigten sich noch mit dem Erlebten. Man kann fallen, aber man
muss immer wieder aufstehen. Diese Worte des Reverends hatte sie
auch schon einmal in einem anderen Zusammenhang gehört, ohne
damals darauf zu achten. Heute gingen sie ihr nicht mehr aus dem
Kopf. War das nicht das Wichtigste, was sie von dieser Reise mit
nach Hause nahm? Sie versuchte, ein Resümee ihres Lebens nach
der Wende zu ziehen. Was hatte sie sich nach anfänglicher Befrem-
dung alles erhofft an Freiheiten in ihrem Beruf, an dem unbefangenen
Umgang miteinander. Und was war geblieben? Das Misstrauen auf
der einen und die Arroganz Ehemaliger auf der anderen Seite. Sie
schob diesen Gedanken wieder beiseite, er wurde der Sache nicht
ganz gerecht, und ihr fiel Klaus Mahler ein. Er war in den Osten gekommen, weil sein Vater, der ehemalige 68er mehr Hoffnungen auf
Veränderungen dort sah. Der Gedanke, das Land als Ganzes müsse
sich ändern, offener, toleranter und sozialer werden hatte vielleicht
auch im ehemaligen Westen mehr Verfechter, als man glaubte. Sie
brachte ihre Überlegungen zu dem Schluss, dass sie offensichtlich in

einer Art Zwischenzeit lebte, die eine Rückkehr zu dem Gestern ausschloss, aber auch noch keine Garantien auf ein hoffnungsvolleres Morgen gab.

Als sie wieder zuhause eintraf, sortierte sie die Zeitungen und Briefe, die sich angehäuft hatten. Eine Karte fiel als letztes noch aus den Zeitungen heraus.

»Wir hoffen auf ihre Zustimmung, dass sie an unserer Kulturausschusstagung als sachkundiger Bürger teilnehmen,« schrieb Ruth Freitag, und der Termin war schon für die nächste Woche angesetzt. Sie las die Karte zweimal. Eine Entscheidung stand also für sie an. Sollte sie sich darauf einlassen? Die Worte des Reverends wurden ihr wieder gegenwärtig und das, was ihr Ruth Freitag auf den Weg gegeben hatte: »Etwas zum Guten verändern, kann man meist nur in kleinen Schritten, aber man kann es.«

Barbara holte ihren Kalender aus dem Schreibtisch und schrieb den Termin der Zusammenkunft ein.